文芸社セレクション

飛来美兎短編集

飛来美兎

HIRAI Mito

文芸社

目次

時計の紳士

　彼は平面を歩かない。一歩きりでもう壁や天井に足をかけたも同然で、頭を中心にすえたまま、上も下もない世界なのだ。僕らにとってもそれは同じことだ。しかし僕と娘さんとは、彼と違ってひどくゆったりしている。彼には僕らのような身分がないのだから仕方あるまい。僕らのためにあくせく働く。よほどのことがない限り、彼は足を止めることがない。だが、そのおかげで僕らがあるのだといえる。僕がしばし娘さんの手を引いて歩けるのも、彼女の肩を後ろからそっと抱きしめられるのも、彼という人物がいなかったらなしとげられないことだ。僕らが愛を深める時間はいつもそれほど長くない。すぐにその手を離さざるをえなくなり、また次のチャンスがめぐってくるのをひたすら待つのだ。その間に僕は彼女にささやく愛の言葉をしたためたり、いよいよ近づいてくると、入念に身だしなみをととのえたりする。彼の方はそのためにせっせと歩き続ける。それしか能がないのだ。それが彼の役割なのだ。一方で、僕よりずっと頻繁に彼女の脇を通りすぎることができるのだから、それだけで幸せだと思わなければならない。それ以上を望んではならない。それでこそ僕らの幸せがあるというものだ。いったい彼は僕たちの幸せを願ってくれているだろうか。いつもそそくさと行ってしまうからわからない。少なくとも彼自身はあまり幸せじゃなさそうだ。ひょろりと縦にばっかり図体がでかくて、あんなに歩きずくめで。あの力はいったいどこからくるのだろう。勝手にわいてくるとでもいうのか。何かが彼をつき動かすに違いない。でなければああも必死になれるものだろうか。それが彼の運命だからか。仕方なく歩いているしかないのか。いや、やはり僕らあっての彼なのだ。そして彼あっての僕らなのだ。僕らは互いに関係し合っている。彼が足を止めれば僕たちの生活はどうなる。ゆったりとして、それでいて規則正しい生活。それは彼によってもたらされるものだ。そこに意義を見いだしたからこそ、彼も僕らに仕えてくれる。彼だってその役割を放りだしたらどうなる。他に何をすればいいというのだ。彼には歩くしか能がないのだから、それを大いに役立てればいい。そのために僕らがいるのだから。それが僕らの関係だ。僕らはお互いを必要としている。世界はいつだってそうやって成り立っている。役立つ場所や環境があってこそ、初めて能力は生かされるというものだ。彼はそれをこの中で役立てる。その健脚ぶりを僕らに披露してくれる。おかげで僕らはゆったりとした生活が送れる。平和で一寸の狂いもない世界。彼もきっと自分の能力を最大限に生かせて満足だろう。はたしてそれ以上に望むものなどあるものか。僕はたぶんそうやって、ずっと自分に言い聞かせてきたのだ。

　順調な足取りを見せていた彼だったが、とうとうその足にがたがきたと見えて、ある日、ある時、ふいに次の一歩がふみだせなくなった。そして全身をひくひくとけいれんさせたまま、その場にとどまることを選んだのである。たぶん半分は意識がとんでいるに違いない。そこにとどまっているくせに、早く次の足を送りださなきゃと、つま先がひくひくとどっちつかずの行動をするのだ。彼は長いこと回復しそうになかった。僕は最後の力をふりしぼって、がたんと一歩前におどりでた。娘さんに早く「〇」のところへ行きたいらしい。彼の動きは僕らの動きに直結していた。そうしてすべてが終わるかと思われた。ところが夜の間に動きがあったらしい。彼は実にうまくやったものだ。やっぱりあの娘さんに下心があったのだ。彼はいつの間にか僕と彼女とをうんと引き離しておいて、自分は彼女に寄りそうように、その傍らで今やすっかり停止していた。僕らはおよそ朝とはいえぬ時間を、それぞれ針でさしている。

（二〇一六年）

橋の上

水面が橋より上にきている。川が氾濫しているわけではなさそうだ。人々は軽い足取りで川沿いを行き来しているし、呼吸も苦しくないのか、楽しそうに口をぱくぱくさせている。僕とて別に息苦しくはない。だが少し足取りが重かった。ああ、彼らのように軽やかに進めたらいいのだが。しかしそう急ぐことはない。外はこんなにもいい陽気なのだ。のんびりいこうじゃないか。僕も彼らにまじって往来を行くことにした。特に行くあてもないが、気のむくままに、そぞろ歩きだ。

短い橋を渡りきり、子供に追い越されながらその角を曲がった。川沿いの欄干と並行して左手にずらりと建物が立ち並んでいる。ぴたりと肩を寄せ合って、似たり寄ったりの背の高さを競い合っている。その中に構えた店のひとつから、うっすらと甘いにおいが漂ってきていた。だがちょっと見当がつかない。あちこちに看板が出ているし、おまけにちょっと文字がかすんで見えるのだ。手近なところにあるあんな大きな文字でさえ、何だかぶれて見えるんだもんな。角を曲がってまだ間もないのに、僕はさっそく疲れが出てきてしまった。よろよろと欄干の方に崩れていきながら足を止める。そのまま欄干に覆いかぶさって、やや身をのりだした。さあ、どうしていいかわからなくなったぞ。こんなにもすぐ疲れているようでは、冒険を続けるのは難しいかもしれない。おまけに勝手がわからない。ここらへ来るのはたぶん初めてなのだ。せめて文字がはっきりと読めたらいいのに。しかし、いつまでもこうやって覆いかぶさっているわけにもいかないぞ。僕はどうにか背筋をしゃんとのばして、すれ違う人々に何でもないような顔をしてみせた。実際、何でもないんだ。少しふらついただけさ。僕はふたたび歩みはじめる。とたんに向こうからかけてくる小さな子供とぶつかった。おまけに彼は手にしていた二段重ねのアイスクリームを僕の太ももに（着ているものの上から）お見舞いしてくれる。すぐに母親が追いついてきて、ごめんなさいねと言われるが、なに、気にしない。今日はいい陽気なんだ。男の子はアイスクリームがつぶれて、おおかた僕にこびりついてしまったことと、母親に叱られるのとで泣きだした。が僕にはどうしてやることもできないね。すっとその場から立ち去る。母親はたぶんきょとんとしているに違いない。僕が怒りちらすとでも思ったのだろうか。見ると太ももにくっついているかたまりが、溶けかかってずるりとすべり落ち、つま先の方へ落下した。あ、何もそんなところへ落ちることはないだろ。次の瞬間、僕はそれをびちゃりと踏むことになるんだ。

それを足裏にくっつけたまま歩いているのだと思うと、ちょっとおかしかった。僕が左足を歩道に着けるたび、あのアイスクリームの鮮やかなパステル色がスタンプのように地面に押されているんじゃないか。すると自然と左足の着地に力が入る。人々がおもしろがって僕の後をつけてくるかもしれない。足跡をたどって何事ですかと尋ねてくるかもしれない。僕はただここらを散歩しているだけですよ、そうしたら小さな男の子が思いがけない贈り物をしてくれたわけです、だから僕がこうしてそこら中につけてあげるんです、通りがきっと明るく生まれ変わりますよ。だが周囲の人たちの目は冷ややかだ。この提案に賛成ではないらしい。もちろんこの場で足をひっくり返して、すそででもぬぐってしまったってかまわないのだ。みながそう言うのなら。ところが急に人通りが多くなってきて、一瞬でも立ち止まらせてくれそうもない。彼らは僕をよりわけるように、うまく脇へそれてくれるので、おかげであまり気をつかわなくてよかった。それなのにどっとくるこの疲れは何なのだ。高揚する気持ちとは裏腹に、体力が思った以上に消耗している。僕はまた急速に速度を弱めて、ふらふらとよろめいた。向こうから来る人がとっさに道をあけてくれる。いや、どうもありがとう、本来ならば僕の方があなたたちをかきわけていかなくちゃいけないのに。気づくとまた欄干にがっしりつかまっていた。首がにゅっと出てきて頭がたれる。そのまま川の方へつき出した。酸素を求めるカメみたいだ。女性が一人、傍らへ来て、ちょっと大丈夫と声をかけてきた。僕は顔をあげることもままならないが、ええ、ええ、大丈夫、ちょっと気持ち悪くなっただけです、とどうにか言う。彼女は言った。私さっきからあなたのこと見てたのよ、あそこの（と言ってちょっと戻ったところの建物の二階を指差して）窓辺で花に水をやりながらあなたにふと目がとまったの、何だかとても場違いな気がしたから（ごめんなさい、気を悪くしないでね）、見たところこの辺りの人ではないようだし、観光客とも違うでしょう？　――ここらへ来るのは初めてなんです、と僕は言った。初めて彼女をふり返りざまに見た。彼女はなかばせきたてるような態度だ。早くこの場から離れなさいとでも言うように。やたらと二の腕をつかもうと触ってくる。でも僕は欄干をしっかりとにぎりしめていた。そうはいくもんか、僕はまだまだ先へ進みたいんだ。彼女はなおも続けた。それでね、さっきから見てるけど、あなたずっとこの辺りをうろついているじゃない、もしかしたら道に迷ったのかしら、この辺りは初めてだと言ったわね、もしどの方角から来たのかくらいわかれば協力してあげられると思うんだけど。別にうろついてるわけじゃないのにと僕は思った。これでも前に進もうとしてるんだ、そりゃカメのようにひどくのろいけどさ、仕方がないだろ、みんながみんな速く歩けるわけじゃないんだ、それなのに人をまるで不審者のような目で見て。――それにあなた、何度も欄干から身をのりだしてのぞき込んだりしているでしょう、だめよ、まだ若いんだから、おかしなこと考えちゃだめよ。そう言ってまた二の腕にそっと触れてくる。ちょっと嫌だったがあえて逆らわない。おかしなことって何だろう。彼女はきっと誤解してるんだ。僕はただすばらしい陽気だから外に飛び出してきただけなのに。ただそこら辺をぶらぶらしようと思っただけなのに。こんなに気持ちのいい朝は久しぶりなんだ。たしかに少し道がそれて、見慣れないところへ来てしまったけれど。なに、来た方向くらい覚えてるさ。あっちの方だろ？　それにこんなの、ちょっと休めばまたすぐよくなることくらい自分がよく知ってるさ。僕は言った。とんでもない、僕はただお腹がすいてきてしまったんです、そのせいであれこれ不審な動きに見えるんですよ、ふらふらしてるって？　そうでしょう、腹ぺこなんです、それなのに飛び出してきてしまったんです、あまりにも外の様子が素敵だったから、何か口にすればたちまち元気になると思うんですけどね、例えばほら、このにおい、さっきから漂ってくるんです、でもどこから漂ってくるのか僕には見当もつかないんですよ、それにあいにく僕は手ぶらで。ええ、見ればわかるわ、と彼女は言った。それじゃこうしましょう、私があなたをそこまで連れていってあげるから、揚げパンをひとつ買って（正確には譲ってもらうのだけれど）お腹を満たしたら、一緒に帰るべきところへ帰りましょう、それであなたの気がすむならね、店のご主人には私が何とか話をつけるから。

僕は思わずぎくりとした。この人おおかた間違っていると思ったら、少しは正しいこと言うじゃないか。少なくとも僕がどこから来たのかぐらいは見当がついているようだ。まずいな、このままじゃ彼女の言いなりだ。僕はまだここらをめぐっていたいのに。揚げパンなんて本当はどうでもいいのに。とっさに出た口実のつもりだったのに、思いのほか本気にして、まだ長々と彼女をこの場にひきとめている。まったく、たいしたおせっかいめ！　僕は進むぞ、進まなきゃならんのだ。せめてあの少し先の橋までは行くぞ。できることならそこも渡ってまた反対側へ出るのだ。そうして二度とこっち側へなんか戻ってくるもんか。どうせまた二階から僕を見張っているんだろ。そうして僕が苦しそうにぜいぜいするたびに、あらぬ疑いの目を僕に向けるんだろう。やだね、あんたがもう簡単には僕のそばへかけ寄ることができないように、僕は川の向こうへ渡ってやる。ぐるりともといた場所に戻ってきてやる！

「僕、僕、ここで待ってますから、行ってきてくださいよ。ほら、何しろ僕ひどくまいってるんです、動けそうもないんです、頼みますよ」

「だめよ、それじゃ意味がないでしょ。ほら私と一緒に行くのよ、すぐそこじゃないの。せめて道の向こう側へ行きましょう。ほら、そこにあるわ、あなたの言ってたお店」

「お願いします、僕ここを離れるわけにはいかないんです、体の力が抜けていくようで。放したら倒れちゃいますって。ね、ここで待ってますから」そのすきに彼女から逃れようというわけだ。彼女は困ったわねというふうに大きく息を吐いた。でもまだあきらめていないようだ。

「ねえ、私あなたがどういう人間かちゃんとわかるのよ。以前にもあなたみたいな人を知っていたから。すきをみてはよく抜け出すそうね。時間帯を問わず、用もないのにあちこちうろついて、時には大きな騒ぎになることもあるのよ。ねえ、これはあなたのためを思って言ったことなの。あなたは自分の状態を知らないか、よく理解できないのね。でもあなたはとにかく耐えなくちゃならない。これ以上悪くならないために耐えなくちゃならない。だから私と一緒に行くのよ。あなたを捜している人たちのところへあなたを帰さなくちゃ」

とうとう本性を現したな、おせっかいめ！　何もかも承知だったってわけだな？　僕が何も知らないって？　知ってるさ、多少は。僕は手のかかる患者だろ？　僕だけじゃない、あそこではみんながそうさ。気が触れてどうかしてしまったんだと、別れぎわに母さんは泣いていたっけ。崩れた母さんの肩に手をやる父さんの僕を見送る目は厳しかった。何でこんな時に思い出したんだ？今は気が立っているんだ、あんまり僕を怒らせない方がいいぜ。僕は欄干をぐいと引き離して体をしゃんとのばした。まるで急に内側から力がわいてきたみたいに。彼女も、ほらやっぱりねというような視線を僕に投げかける。そうとも、僕はこの手を放したって別にどうってことはないのです、でもそれはあなたについていくためじゃなく、あなたに抗議するためですからね。この時僕は初めて彼女と正面から向き合ったが、同時に並行する建物たちとも対面した。ああ、驚きだ、まだこれだけしか進んでいなかったのか。左を見ると僕がさっき曲がったはずの角がまだじゅうぶん目の届くところにあって、これなら橋をもうひとつ渡って反対側から戻ってくるより、こっちから直接行った方がずっと早そうだ。とたんに自分が何を言おうとしていたのかわからなくなる。それどころか本当に何か言おうとしていたのだったか。動揺しているのだ。ああ、僕の計画が！　おとなしくあの橋の真ん中まで引き返しますなんて言ったら、彼女どんな反応をするだろうか。それがいいわねとあっさり認めてくれるだろうか。それともやっぱり僕を連れていこうとするだろうか。勘弁してほしい、見逃してくれないだろうか。あっちへ行って逃げようと思っていたけれど、やっぱりこっちへ戻って逃げることにするよ。どっちみち僕は逃げるんだ。もう二度とあなたの目に触れないようにするから。そして二度と会うことはないだろう。おせっかいもこれまでさ！　でも彼女はおかまいなしに僕の腕をむぎゅっとつかむと、そのままひっぱっていく。僕はされるがままだ。何だか彼女に機会を与えてしまったみたいで情けない。本当に揚げパンをごちそうしてくれるというのか。それともこれも僕を連れ出すための口実か？　実は全然別のところへ僕を連れていって、揚げパンなんかどこも作っていなくて、僕を引き渡すために全部仕組まれていることなのかもしれない。甘いにおいに誘われてのこのこついてきましたなんて言い訳は、これっぽっちも通用しないだろう。彼女の通報ひとつで僕は帰路につくことになるんだ。僕はひっぱられていく。意外と力、強いんだな。

　ところが僕は店には入らなかった。手をふりほどいて逃げ出しもしなかった。

その前に川面から自分の姿が見えなくなったからだ。もう僕の腕をひっぱる女性は存在しなかった。僕を追い越していった子供もいない。僕とぶつかった男の子もいない。あの辺りはきれいなままのはずだ。でも甘いにおいだけは漂ってきていた。

（二〇一六／一七年）

助手をめぐる話

以前にもこれと似たようなことがあった気がする。あの時は確か机のむこうに助手がいて、運び入れた別の机で自分の仕事に取りかかっていた。「なあ、気にならないか」と僕はしょっちゅう助手に向かって訴え続けた気がする。「何がです」と彼ははじめ、顔もあげず、そっけなく答えたものだ。ところがすぐにも僕がごちゃごちゃ独り言をはじめるので、とうとうしゃくにさわったらしく、やっと顔をあげて（手も止めて）「だから、何がです？」とちょっといらだたしげに言ったものだ。「いや、何がと言われてもね、はっきりとしないんだ。ただ、何となく気になるんだよ」すると彼はこう答えた。「雨の音じゃないですか、風が強まってきましたからね」確かに、午後から降りはじめて、こんな夜遅い時間までずっと続いている。おまけに掃除係の女が今夜は荒れるみたいですからねと言って、帰りぎわに建物中の鎧戸を閉めていったので、時折ばたばたと打ちつける音がするのだ。「いや、それとは違うんだよ」僕は仕事の手が止まっていた。「違うって何が違うんです」助手はまた手もとに顔を伏せている。「確かに風雨が激しくなっているのはわかるけどね、ほら、時折少しおさまるだろ、そうすると聞こえてこないか」助手は今一度、顔をあげた。ちょうど僕の言うように外が少し静かになりかけたのだ。「やっぱり雨が降ってるとしか思えませんけどね」彼はまた書類の上に覆いかぶさった。さあ、もう勘弁してくれといわんばかりに。「もしかしたら秒針の音かもしれない。静かすぎるんで、ばかにでかく聞こえるだけかもしれない」「お忘れですか、あの時計は先生があまりにも気にさわると言って、外させたんじゃないですか」助手は顔もあげずに言った。「……そうだったか？」鎧戸のむこうはしばし静まり返っていた。まるですっかり風雨がやんだみたいに。だが耳をすますと確かに細かい雨音が聞こえてくる。そして沈黙も。もうとっくに人通りのない路上や、僕たち以外には誰も残っていない建物の中。助手の彼が走らせるカリカリというペン先の音だけが、静まり返った部屋にめぐらされる。「なあ、やっぱり気にならないか」と僕は言った。助手はぴくりと手を止めるのと顔をあげるのとため息をもらすのとを同時にやった。もう相当いらいらしているぞ。「先生、これ以上僕のすることに邪魔を入れるおつもりなら、僕だってそれなりの覚悟がありますからね」そう言って席を立つと、さあ来てくださいと僕を従わせて、すたすたと隣の部屋へ通じる扉のとってに手をかけた。「いいですか、この部屋に何もないなら残るはこっちの部屋だけです。どうぞ存分に調べてかまわないですから、それがすんだらお願いですから僕に仕事をさせてください。これはあなたのためでもあるんですからね、何しろあなたが今日中に処理しきれなかった仕事を僕は手伝っているわけだから」彼はそうですよねと言うように僕の顔をまじまじと見た。「……そうだったね、すまない……」「じゃ、早いとこ終わらせましょう」彼は観音開きの扉を押し開けた。

隣は使われていない部屋だった。助手もそれは承知だったたから、あえて調べてみる気になったのだけれど。一式の机と椅子、扉付きの書棚が据えてあるが、がらんとしている。「ここの机を拝借してもよかったですね、わざわざむこうのを運んでこなくてもすんだ」と助手が言った。「見たところお探しのものはないようですすよ」「見えるものじゃないからね」僕は壁に沿って歩きはじめた。

助手は僕を目で追っている。「どうです、まだ気になりますか」「ああ、ひどくなったみたいだ」助手はそわそわしはじめた。寒気を覚えたみたいに。「この部屋に時計は？」と僕は唐突に聞いた。彼はハッとしたが、すぐに辺りを見まわして、「ああ、あそこですよ、ほら、すぐ上に」見上げると入口のドアの上に丸い時計がかかっている。もう十時半を過ぎていた。早いところきりあげないと、ここで夜を明かすことになるかもしれないぞ。「そこの椅子を」と僕は言って、据えてあった簡素な椅子を持ってこさせた。そしてそれを踏み台がわりにするが、いまひとつ時計に手が届かない。そこで二人いっしょになって、これまた簡素な机の方を寄せてくる。するとうまいこと手がかかるのだった。「もしかして気になるのってそれですか」助手が足もとで聞いた。ほとんどつぶやくのに等しい。だが僕は時計を外すのにちょっと苦心している。すっと外れてくれさえすればいいのに、なぜこうもぎこちないのか。頭の上でいまいましい秒針の音がずんずん時を進めていく。やっと壁から引き離せても、うれしくもなんともなかった。それよりもこいつをどうするかだ。「先生だずっとご自分の手を止めて、僕の手まで止めさせて、何やら気になると訴えていたのはそれですか」助手がまだ何か言っているので、ああ、そうさと僕はそっけなく答えた気がする。それに対して突然、彼が腹を立てたのだ。結局はそういうことなんですね、大げさに言ってはみても結局たどりつくところは同じなんだ、またこんなことのために作業を中断させられたんです、たかが時計ひとつにどうしてそこまで執着するんです？　まあ、多少順番は違っていたかもしれないが、こんなようなことを並べたてた気がする。これにはさすがに僕もかっときて、言い返したものだ。仕方ないだろ、気になるものは気になるんだ――そう声を荒げて両手をふりあげた気がする……

あのあと助手はどうなったんだっけ。確かいっしょにはこの部屋へ戻ってこなかった。僕は茫然として、そのくせ頭の中ではぐるぐるといろんな考えが浮かんだものだ。なんてことをしてしまったのだ、彼の頭上にふりおろすなんて、おかげで彼はその場に倒れ込んでしまった、彼のきれいに櫛を入れた明るい髪が額の生えぎわのあたりで赤くにじんでいた――ああ、僕はただあの掛け時計を黙らせたかっただけだ、彼を巻き込むつもりはなかったんだ、なぜあんなところに立っていたんだろう？　彼も彼だ、いろいろとおせっかいなことを言うから、やつに何がわかるもんか、僕は本当に気になって仕方なかったんだ、すぐそこで鳴ってるみたいな気にさせられてみろ、本当に仕事に手がつかなくなるぞ。僕は行方が気になった。助手の件もそうだが、何よりあの時計のことがだ。確かにあれは助手の頭へ命中した後、彼もろとも床に倒れ込んだが、何しろそのままふらふらとこっちに来てしまったのだ。僕はためらいがちにむこうへ戻った。時計は裏返しになり、助手はあそこで力なく横たわっている。と、かがもうとした時、うなり声がした。助手がもぞもぞと動きはじめたのだ。体を起こそうとしている。僕は促されるように彼を抱え起こしにいった。彼はしばしもうろうとしていたが、やがて何とか立ち上がった。「よかった、どうやら君は気絶していたらしい、気絶していただけなんだ、いや、何とも、すまなかったね、ついかっとなってしまって、悪気はなかったんだ、その……まあ……よかったよ……」助手は無言のままだった。当たり前だ、それだけのことをしてしまったんだから。額の生えぎわが切れている。彼はただひとことだけ言った。「気がすみました？」そして裏返った時計を拾って僕に渡した。「大丈夫、何も言いませんから。あなたの言うとおり、僕は気絶していただけなんだ。

でも僕はここをやめます、明日かぎりでここをやめる。お休みなさい」彼はゆったりとした足取りで扉を抜けると、続いて隣の部屋からも出ていったらしかった。僕は両手に握られたものを茫然と見つめた。左の指先にほのかに感じる気持ち悪さは、助手の額を切った時の血のあとだろう。彼が手渡す時にわざわざひっくり返してみせたおもてにはひびが入っていたが、数本の針が衝撃でゆがんでしまったのは僕には大したことじゃなかった。だが秒針がほとんど停止状態ではあるが、まだぴくぴくと脈打っているのは、僕に対するあてつけか。その弱々しく脈打つ鼓動が僕にはまだわずらわしかった。だから思いきり床に叩きつけてやった。床板がへこむんじゃないかというくらい。実際、小さなくぼみができた。それですっかり気がすんだ。さらに激しい損傷を負わせ、その結果やつの息の根を止めたのだ。時計はけたたましい音をたてて叩きつけられたが、外の様子に比べれば何でもない。助手の机の上には作業が中断させられたまま残っていた。彼はこの激しい雨の中を帰路についたのだろうか。広げたままの書類と、きれいによりわけて積み重ねられたもの、彼が熱心に書き込んでいた文書の上にはペンが投げ出されたままだった。

（二〇一六／一七年）

城《しろ》跡《あと》

　旅人はその日のうちにそこを越えることができなかった。しかし彼はその日の旅路をそこまでと決めたのだ。もう間もなく日が沈んでいく。これから夜に備えなければならなかった。旅人は足場のよい、寝心地のよさそうな場所を見つけて、そこに荷をおろした。といっても水の入った革の袋ぐらいだった。ひどく崩れてほとんど目立たないような石づくりの土台がむき出しになっている。何か見ると、似たような場所があちらこちらにあって、かなりの広さと見える。なかの廃墟らしかった。彼はもっと土台の形をとどめている場所へ移動した。なおかつ足場のあまり悪くないところへ。そこへでも体をもたせかけることができたらとても楽だし、夜になったらなるべく背後にすきをつくらない方がいい。それからしばらく辺りをめぐって、うぶ毛のようなわずかな茂みと痩せこけた木をちらほら見つけた。彼はその枝を手当たりしだい折って集め、ちょっと折れそうもないものは手持ちのナイフで切り落としていった。そうして夜を越す準備はおおかたととのった。

日が落ちると辺りはぐっと冷え込んだ。すっかり闇の中だった。頭上には星がびっしり瞬いていたけれど、旅人のおこした火の方が一段と赤く燃えている。旅人は足もとまで届きそうな長い衣をさらにきつくまとって、両足を抱え込み、廃墟の一部を背にしていた。ふところからわずかな食料をひっぱりだすと、干し肉を裂き、乾いてかたくなったパンをぼそぼそとつまんだ。ときどき周囲からがさごそ何かが動きまわる音だったり、ばさばさと不気味に羽ばたく音だったり、頼りない鳴き声が聞こえてきたが、そういう時の彼はひどく敏感になって、焚き火のぱちっと弾ける音にさえもびくりと反応するのだった。ちょうど向かい側には円柱の名残と思われるものが立っていた。そこまで焚き火の明かりが十分届かないので不完全なものが完全な姿にも見える。あれはいったいどの部分の柱だったのか。あのむこうにはどんな部屋が続いていたのだろうか。暗闇の中ではいくらでも想像を書き足せた。と、その辺りがもぞもぞと動いたような気がして、旅人はハッと我に返った。闇の中に闇のようではあるが、確かにそれとは違うものが存在する。彼は傍らにもたせかけた杖を素早く手にすると構えた。こんな経験、一度や二度じゃない。ところが柱のかげからひょっこり現れたのは、ずいぶんあらたまったように背中を丸めた（本人にそんな気はないのだろうけれど）ひとりの老人だった。旅人はとりあえずほっとして杖の先をおろした。そして元の場所に立てかけ直すと、まだあらたまった様子で暗がりの中に立っている老人に声をかけた。

「さあ、どうです、ここへ来ていっしょに火を囲みませんか」

老人は黙ってのそのそと近づいてくると、旅人の向かい側に腰をおろした。それから相手の顔を真っすぐ見すえて、ようやく言った。

「こんばんは、旅のお方」

「こんばんは、おじいさん」

旅人も返した。老人は節くれだった手を火にかざした。やや薄着のようにも見える衣服の下の体はずいぶん肉が落ちているらしかった。頰もこけている。だが意外にも顔に刻まれたしわは少なく、いい具合に日焼けし、てかってさえいた。ぎょろりと見開いたような目も少年のようにキラキラしている。

「砂漠を越えてゆかれるのかな？」と老人は聞いた。

「はい。あなたは……？」

「なに、わたしはどこへもゆかんのですよ、ここがわたしの居場所ですがな」

「すると、ここに住んでおられるのですか」

「まあ、そうですがな。正確にはここをちょっと下った裏手近くのほら穴に寝起きしとるんですわ。なに、ここからはちょっと見えんのですよ」

旅人が真っ暗なのにもかかわらず、その場所を探し当てようと首をのばしかけたのを見てそう言ったらしかった。

「ここでの生活は決して楽なものじゃないでしょう」

旅人は尋ねた。

「いや、なに、すっかり慣れてしまいましたがな」

「もう長いのですか」

「はい、どれぐらいになりますかな、もうそんなことも忘れてしまいましたがな。しかしわたしにはそんなことはどうでもよろしいんで。大事なのはどれだけここにいるかじゃなく、ここで何をするかなんで」

「というと……？」

「ほれ、お前さんの後ろにあるその崩れかけた石ですけどな、もともとは立派なお屋敷を形づくっていたもんで、それがここいらにあったんですわ、どんと構えておったんです。その名残がまだそこらに残ってますがな。あの柱にしたってそう、あれは確か……確か……どこかの部屋を支えておったんですわ……どこかの……どこかの……もうわからなくなってしまいましたがな……」

老人はひとまわり小さくなったみたいだった。

「僕もあちこちで目にとめました。するとあなたは事情をよく知っているようですね」

老人の体がぴくりと反応した気がする。

「知っているですって？　知っているですって！」

相手が急に声を上げたので旅人はびくりとした。しぼんだ体がまた急に元に戻って、火の力で浮かび上がった老人の顔は迫ってくるようにさえ感じる。だが決していきり立っているのではなかった。彼が言葉を続けた時も意外と穏やかだった。

「知っていますとも、知っていますとも、わたしはそこの従者だったんで。あのころはまだわたしも若かった、ともにお屋敷に仕える身だった両親や妹もまだ生きておりましたがな。あのころはまだここらもうちょっと豊かな土地だったんで。木なんか葉が生い茂っていたんで。わたしどもの主《あるじ》はここいらの地主でしたがな。ここへ来る途中、小さな市《いち》を見かけましたろう、ここからそう遠くないとこですがな。あそこもずいぶんにぎわっておりました。昼も夜も荷を運ぶ商人や旅人、地元の者らでごったがえしておりました。わたしどもの主人はそこで人々がいろんな商いを行えるよう、うまくとりはからっておったんで。人望のある人でしたがな。旅人や商人相手にラクダやラバをすすめたり、日持ちのする食料を扱ったり、取り引きもしておりましたがな。で、わたしはそのご子息に仕えておったんですわ。そばにはべっておったんです。わたしとそう年の変わらない若者でした。ある時、わたしは若旦那の言いつけでちょっとの間お屋敷を離れとりました。その夜は商売人やお役人を招いて宴会が催されとったんですわ。で、わたしは若旦那に呼ばれて（彼は自分から奥の方へ出向いてきて、じかにわたしに申しつけたんですわ）、酒を買い足してくるよう言いつけられたんですがな。戸口越しに見ますとな、もうむこうの方はすごい盛り上がりようでしたがな。わたしは行きました。ちょっくら走って行ってきたんですがな。ところが店を出たちょうどその時、突然ごーっという低いうなり声のような音が空に轟いたんですがな。わたしは思わず立ち止まりましたがな。ほかにも立ち止まっとる人たちがおりました。中から外をのぞいとる人もおりましたがな。何事かとみな空を仰いどりました。すると遠くの方がわずかにちらちら光っとるのがわかりました。黒くて厚い雲のむこうがかすかに明るくなっとるのがわかるんですわ。雷ですがな。空は続けざまにまた低くうなっとりました。そしてひときわ大きな音を発するたびに暗い空を明るくさせるんですわ。わたしは家路を急ぎましたがな。ときどき不安げにちらりと前方を見やりながら。小高い岩山の中腹に、このお屋敷がかがり火でいっそう美しく浮かび上がっておりましたがな。と、そのすぐ後ろで、今度は空にぴきっと亀裂が入ったみたいに痛々しく光るのが見えました。わたしがあっと言う間もなく、続いて耳をつんざくような、みしみしいうような音が辺りを走り抜けました。そしてそれはまさにこのお屋敷の上に落ちたんですわ。いや、落ちたかのように見えました。何しろすぐもやのような煙のようなものに覆われて、よく見えなくなってしまいましたからな。これには思わず耳をふさぐ人もおりましたがな。わたしと同じようにその場を目撃して、悲鳴を上げとる者もおりました。それが最後の一撃でしたがな。少なくとももう人々の入り乱れ、ごちゃごちゃ言っている声しか耳に入ってこなくなりましたがな。しかし実際には尾を引くみたいに上空はまだ静かにうなっておったんです。わたしは人込みの中でふと若旦那の姿を目にとめました。どうして彼がこんなところにいるのかその時はわかりませんでしたがな、とりあえず人込みを抜け出すと、ようやっとのことで彼をつかまえたんですわ。『どうしてここに?』とわたしは聞きましたがな。若旦那は言いました。『話はあとだ。そんなことより屋敷が大変なことに……』『ええ、雷が落ちたようです、わたしも見ました。とりあえず誰か人をやって――』『いや、そんなことしても無駄だろう、どうせ助かりっこない』若旦那はわたしをとどめておりましたがな。『どういう意味です? まるで見てきたみたいな言い方ですね』わたしはその時お屋敷の方をちらりと見ました。何かが小さく燃えとりましたがな。あとで茂みや木だとわかったんですわ。あの辺りに落ちたことは間違いありませんでしたがな。もやが晴れているようでした。でも暗いですからそこからでは確かめようがありませんがな。『どういう意味です？　助かりっこないって。あなたはそこにいたわけじゃないんでしょう？　どうしてわかるんです？』彼は黙ったままでしたがな。『とりあえず人手を集めなけりゃ。確かめるんです、さあ、戻りましょう！』わたしは手当たりしだいに声をかけていきましたがな。お屋敷が大変なことになった、雷が落ちたらしいんだ、あそこにはまだ大勢人がいる、手のあいている者はいっしょに来てほしい、と。でも彼らを引き連れてかけ戻ってみますと、若旦那の言うとおりもう手遅れだったんで。そこらはひどいありさまだったんで。天井は落ち、壁は破られ、柱は傾いておりましたがな。今よりもうちょっとましな状態ではありましたがな、まだもうちょっと元の姿を保っておりましたけどな、でも今よりずっと悲惨なありさまでしたがな。あっちのものがこっちへふっとばされ、こっちのものがむこうへ放り出されて、どこに何があったかわからないんで。反対側までずーっと見渡せるんで。わたしどもは声を上げて、耳をすまし、瓦礫の山を慎重にまたぎ、どかしはじめましたがな。けれど見つけだせたのはほんの一部の人たちで、それもみんな瓦礫の下敷きになって、とうに息絶えておったんですわ。何日もかかってその場所から瓦礫が取りのけられました。みなよう手伝ってくれとりましたがな。その中にお屋敷に仕えとった者はわたし以外誰もおりませんでした。その代わり瓦礫の中からぞろぞろ見つかりましたがな。わたしの母親も出てきましたがな。でも妹や父親はまだ見つかっとらんのです。ほかにも大勢見つかっとらんのです。でも見つかったところで誰も生きとらんのですわ。あの若旦那でさえそうでしたがな。履き物とか装飾品とか衣服の切れ端だとか、身につけていたもんの一部がはみ出していることもありましたがな。あるいは体の一部が出てくることもありましたがな。そういう時、中にはひぃと腰を抜かす者もおったんです。しかしもうずっと昔のことですな。今よりずっと機敏に動けたころですがな。今じゃ地べたにはいつくばるようにして骨張った指先でちまちまほじくるしかないんですわ。それがわたしのできる精一杯のことなんでして」

　老人はここでひと息入れようと、足もとの小枝をいくつか火の中へくべた。ぱちぱちと心地よい音をたてる。旅人は思いきって聞いた。「見つかった人たちはその後《ご》どうなったんです？」

「ちゃんと埋葬してやりましたがな。しかしもうどこに埋めたか、はっきりとは申せんのです。何しろ風が砂嵐が日々ちょっとずつさらっていってしまいますからな。ここはそういう土地なんで。特にあの出来事があってからは急激に変わってしまいましたがな。屋敷跡にしたってそうですがな（さっきも言いましたかな？）、まだこんなにえぐられてはいなかったんで。すべて風のなせるわざですがな、自然のなせるわざですがな」

旅人はこの問いかけが、もしかすると老人を怒らせたり無駄な質問になるかもしれないと思ったが、言った。「なぜ続けるのです？」

老人はやはりにこりとした。が、答えてくれた。

「この下にはわたしがお世話してきた人が埋まっとるんです、屋敷の主人がまだおるんです、わたしがあの夜接待した、ふたことみこと言葉をかわした、酒をくんでまわった、食べ物をすすめた客人たちがまだ大勢とり残されとるんです、わたしの父が妹が、ともに屋敷に仕えておった者たちがとり残されとるんです、この下であの夜のままとり残されているんですがな。瓦礫の重みに耐えながら、息苦しさに耐えながら、掘り起こされてふたたび地上に出られる日を今か今かと待ちわびているんですわ。わたしは彼らを本来の姿に戻してやりたいんで。あの夜の姿のままじゃなく、子供なら大人に、大人なら老人に。そしてとたんに宙に漂って、風に乗って幻みたいに消えてしまうでしょうけどな、それでわたしの気持ちは晴れるんですわ。まあ、一種の罪滅ぼしみたいなものですがな、わたしがそうやって地べたにはいつくばるのは」

「罪滅ぼし――」

「わたしには彼らの悲痛な叫びが聞こえるんですわ。手足を無理な方向にねじ曲げられたり、母親が子供をかばうあまり、逆に我が子を押しつぶしてしまったり。そういった声がわたしの手を動かしとるんです。何しろわたしひとり生き残ってしまったわけですからな」

この人のしていることはあまりにもむなしい、と旅人は思った。彼も自分ではそうとわかっているはずなのに。風はすべてを洗い流そうとして、時間さえもさらっていってしまうのに。それなのにまるでそれが自分の義務とでもいうかのようにこの地に尽くしている。彼らに尽くしている。彼は一種の罪滅ぼしだと言ったが。もしかするとただださびしさからくるものかもしれない。この人も彼らと同じようにあの夜のまま時間が止まっているのだ。老人の目が若干うるんでいた。炎の光が目に痛いらしい。「旅のお方」と彼が言った。

「はい」

「本当に砂漠を越えなさるんで？」

老人は今一度聞いた。

「はい」

「さみしくなりますな。しかし止めはしませんがな」

「あなたはここに残られるんでしょう？」

老人は小枝の先で火の中をつついた。

「そうですがな」

「ここは風化していくばかりですよ」

「しかしまだ城跡《しろあと》はありますがな」

「けれどそのうちすべてさらってしまうでしょう」

「かまわんのです、むしろそうなればよろしい。ちょっとは負担も減りますからな。年ですがな」

老人は軽く笑った。この人は孤独な人なんだ、と旅人は思った。この地でこの場所で。だからせめてもの慰めが欲しくてこの廃墟にしがみつくしかないんだ、自分まであの風にさらわれてしまわないように。そして同時に何かを待ちわびている。廃墟に眠る彼らのように。この人こそそれを待ちわびているんだ――いつの間にか老人の方が火の面倒を見るようになっていた。旅人はほかに何もすることがないといったふうに、気の抜けた様子で火の中の一点をじっと見つめていた。すると心地よくなってきた。まぶたが重たくなってきたのだ。彼は目を閉じることにした。はじめは少しのつもりだったけれど（少し眠ったら老人と代わってやろうと思ったのだ）、自分でも知らず知らずのうちにそのまま深い眠りに落ちたらしかった。

翌朝、旅人が目を覚ますと、彼はすっかり地べたに横たわっていた。長い衣に全身くるまって。体を起こすと老人の姿が見当たらなかった。火も消えていた。たった今消したばかりみたいに、焚き火の跡から白く細い筋がつーっと一本立ちのぼっている。旅人は荷物をまとめながら老人を待った。が、戻りそうな気配はない。仕方なしに出発することにした。彼としては一晩のお礼とお別れを言いたかったのだが。くるりとふり返ると地平線からのぼる太陽と鉢合わせになった。彼はとっさに手をかざした。強烈な光だった。だがまだやさしい。昼間のそれとは比べものにならなかった。これが同じひとつのものであるとは。真上にくると全身をじりじりと追いつめる苛酷な鞭でしかないのに。

　旅人はその場をあとにした。一度ふり返りながら。もしかしたら老人がひょっこり姿を現すかもしれない。もうお発《た》ちですかと見送りに出てくるかもしれない。そういえば、と老人の話していたほら穴のことを思い出したが、暑くなる前に砂漠へ出てしまいたかったので、そのためには時間を無駄にしたくなかった。険しくなる岩場を進みながら彼は何度かふり返った。もしかしたらゆうべのことはすべて幻で、あの老人も存在しなかったのでは、と頭をよぎったからだ。だから姿が見えないのかもしれない、夜明けとともに消えたのかもしれない。彼は焚き火の跡を確かめた。廃墟が今もそこにあるか確かめた。次ふり返った時には思ったとおり跡形もなくなっているかもしれないと恐れながら。だが、そこに崩れかけた柱はあった。やっとこさ立っていた。むき出しの基礎部分もちらほら見えた。少なくとも見えなくなるまではそうだった。

（二〇一六／一七年）

影法師

ある昼下がり、五、六歳の少女が野をかけまわっていた。彼女が父親と住むことになる一軒家の裏手にずっと広がっていて、時々ふり返っては、まだ三角の屋根がじゅうぶん大きいことを確かめた。見えるところにいなさいと父親に言われているのだ。はじめのうち彼女は前へ進むだけでなく、左右にもよく動いてみて、そこらが一面似たような光景なのをおもしろがった。どちらへ行ってもまるで何も変わっていないような気がする。だがぐるりと見まわすといつの間にか家は自分の肩越しにあるし、右手に見えていたはずの背の高い樹木はもっと背中に近い方にある。あるいは、草むらの中に小さな花を見つけると元気よくしゃがんでいってのぞき込んだり、軽くもてあそんだり、気に入ればぷちっと指先で摘んだりしたが、その後また同じ花にばったり出会うと、さっきのところへ戻ってきてしまったのかしらと一瞬ためらうのだった。一度、父親が庭に面した窓から身をのりだして呼びかけてきた。家中で荷をほどいているのだ。あまり遠くへ行かないようにと念を押されると、彼女はいくらか戻りつつ、握った方の手を振ってこたえた。小さな手から摘んだ花が不規則にはみ出している。

少女は光あふれる野原を手足でうまくかきわけながら進んでいった。時々スキップしたり、立ち止まったり、かと思えばかけだしてみたり、真っすぐ進むのかと思えば、うろうろとどっちつかずの方向へ舵を切るのだった。時折、彼女の背丈ほどもある細長い草がぴたぴたとからんできた。彼女の顔やワンピースやそこからこぼれでる腕、ちぢれた長い髪（一部を軽くまとめていた）に無数の影を落としていたが、目に触れる間もなく彼女はもう動きまわっている。だが一度だけそのただ中に突っ立って、顔を真横に向け、少しまぶしそうに（そして難しそうな顔つきで）じっと何かを眺めていることがあった。もともとは風が出てきたことで髪があごのまわりにまとわりつくのをふり払おうとしていたのだが、その時ふと、父親がお隣さんと呼んでいた別の一軒家が目にとまったのだ。点在する樹木のひとつが近くにあって、造りや色づかいはこちらと似ていたが、ただその向きが違うらしかった。それは屋根を見れば一目瞭然だった。初老の夫婦が住んでいるということは聞いて知っている。あんなのお隣さんなんて呼べないわよ、と彼女は思った。お隣さんていうのは二階の窓から身をのりだして呼びかければこたえてくれる人のことをいうんであって、あれじゃ声すら届かないわよ。そちらの方にはなだらかな丘が続いていた。

少女はそちらには興味ないというふうだった。そっちがどんなかはもう知っている。そちら側を通ってここへ来たのだから。彼女は相変わらず反対側の、庭の裏手に続く野原をかけていった。ぐんぐんぐんぐん、先へ先へと。かけてもかけてもなかなか終わりがこなかった。そうなる前に彼女の方がすっかり息切れしてしまった。だが呼吸がととのうとまたすぐかけだしていった。無邪気に、足取り軽く、しかし行く先を阻むみたいに生えている草花をかきわけながら進むのはけっこう至難のわざだった。このままじゃ日が暮れちゃうわ、と彼女は思ったりもしたが、まだ日は高いところにある。だからこそどんどん奥へと足を踏み入れるのだった。

ある地点まで来た時、もう家はちっぽけにしか見えなくなっていた。だが少女は気にもとめなかった。すっかり冒険に夢中になっていたのだ。彼女はまたそこらをうろうろすることで落ち着きを取り戻そうとしていた。摘んだ草花はまだちゃんと握られていたが、どうやらしんなりしてきたらしい。それが目につくと彼女はげんなりして近くに放り投げてしまった。父親に見せるにはちょっとしのびないと思ったからだ。そして新しいのをまたいくつか摘んでいった。これでいいわね――彼女は満足げに手もとを眺めた。と、その時初めて自分があまりにも遠くへ来てしまったことに気づいた。あんなにお屋根が小さくなってる！　あれじゃ父さんが窓から手を振っても何だかよくわからないわね。だが、それとは裏腹にまだここでやめにしたくないという思いがあった。彼女はのろのろと戻りはじめたが、どこかためらいがちだった。すると近くの茂みが急にざわざわいいはじめた。まるで行かないでと言ってるみたいに。彼女は一瞬立ち止まった。だが戻らないわけにはいかなかった。もっとお屋根が大きく見えるところに移動しなくちゃ、そこでならいくらだって遊んでいたってかまわないんだから。ところが茂みはざわざわいいながらついてきた。彼女は仕方なく足を止めた。そしてくるりとそちらに向き直った。どうしてついてくるのよ、私は戻らなくちゃならないんだから、ほら見えるでしょ、あの辺りでなら父さんは許してくれるわ、でもそれ以上はだめ、あんまり遠くへ行っちゃだめなの、目の届くところにいなくちゃだめなんだから。するとまた悲しげにざわざわとこたえるのだった。その中に影が落ちていた。ゆらゆらと揺れていた。はじめは草や葉がそれぞれに動くのに従って、それもばらばらに分割されてそれぞれの方へなびいたものだが、やがてひとつにまとまりだすと、そこもだんだんと姿がはっきりとしてきた。彼女自身の影だったのだ。そしてもう彼女よりもぴんと真っすぐ立っている。彼女自身といったら髪もスカートもひどくなびいているというのに。影の方は微動だにしなかった。やや斜めに彼女の足もとからのびているだけで、彼女が顔にかかる毛先をのけようとして口元で指先をひっかけても何の反応もなかった。彼女は気持ち悪くなった。いったいどうしちゃったのかしら、私のものじゃないのかしら。彼女はくるりと後ろをふり向いてみた。誰もいない。反対にもふり向いてみる。やっぱり誰も見当たらない。じゃ、やっぱり私のなのかしら。向き直りかけた時、何かが視界をちらりとかすめた気がした。見ると目の前の草むらを黒っぽいものがさーっと流れるようにすべっていく。彼女は思わず足もとを見た。二本の黒い足はまだ自分から派生したように生えているが、今までとは反対の方へ影を落としている。そして少しずつ傾きながらのびていった。したがって上半身はもうあんなに遠いところを走っている。無邪気な笑い声が聞こえたような気がした。ほら、ついておいで。あの子、いきなりかけだしたわ、と彼女は思った。だが好奇心の方がまさった。彼女は誘われるがままついていった。影の後を追った。待って、待ってよと心の中で叫びながら。やがて影に追いつき、そして追い越した。彼女はかけながら肩越しにふり向いた。影がこちらを見ていた。彼女もそちらを見ている。すぐそこにいた。彼女と同じ高さ、彼女と同じ目線。二人は今、息が合ったようにぴたりとおんなじ動きで野をかけ抜けようとしていた。後ろへなびくちぢれた髪、長いまつげ、わずかにひらいた口元、襟元にフリルのついたワンピース、軽やかにかける姿、これまでこんなにすいすい前へ進めたことなかったわというくらい軽やかな足取りだった。

それがある昼下がり、父親がちょっと目を離していたすきの出来事である。

（二〇一六／一七年）

すばらしい注文

「ここでは一風変わった注文を聞いてくれるというが」

「はい、さようでございます」

「では頼もうか――」

「あの、ちょっとお待ちを、今書くものを出しますんで」

「うん、長くなるぞ」

給仕は慌てて前掛けのポケットを探った。

「まず、頑健な男を連れてきたまえ。週に五日は肉体労働をしており、よく均整のとれた体つきをしている者、だが苛酷な労働条件で働かされている者はだめだ。それなりの給料をもらい、きちんと満足な食事ができ、睡眠もたっぷりとれていなければならない。何しろ日ごろの生活が多少なりとも体に影響してくるからな。ストレスがなく、また鬱憤を晴らす楽しみを心得ている者、もちろん健康そのもので、そうだな、いきなり姿を消したところで泣く者のいない方がいい。あとでとやかく言われるとわかっていてはおちおち食事もできないからな。太ももの筋肉がよく発達していて、骨は太く、がっちりしているのがいい。中身がつまっているようなのだ。むろん生きた者に限る。死んでからではだめだ。生きているところを直接この目で確かめてからでないと、奥の厨房に連れていってはならないぞ。さて、そうしたら一度でその者の息の根を止めてやってくれ。いいか、一度だぞ、素早くやるんだぞ。必要なのは確かな腕と正確さだ。その男の利き足から腱を取り出せ。取れるだけ取るんだ。アキレス腱はかならずだ。骨はなるべく細かく砕いておくこと。血を搾り取って、鍋にはっておけ。それらをいっしょくたにしてぐつぐつ煮るんだ。腱がほろほろとけるまでな。最後によくこすこと。だが、多少のざらざらした舌触りを残しておけ。味は塩と胡椒でととのえる。どうだ、できるか？」

「ええ、ええ、すばらしいご注文です！」

給仕はぱんと両手を打ち鳴らした。そして最後にひとことちょこちょこと書きつけると、さっそくテーブルの間をかきわけるようにして厨房の方へかけ込んでいく。隣の席の老紳士が興味深そうにのぞき込んでいた。客は男とこの老紳士の他はおもに二人連れの男女が目立ったが、すでに食事を終えてカウンターの方で一服しかかっている男たちは、パイプを片手に明らかにすらりとした体を、カウンターにもたせかけてこちらを見ている。特に男より前に店に入ってきて、まだメニューを決めかねている人々には男の張り上げる声が聞こえなかったわけはない。いっせいに今は厨房の奥にひっこんでいる給仕を呼び寄せようと手があがった。いや、誰かしら注文を取りにきてくれれば、誰が出てきてもかまわないといった雰囲気だ。何なら自分自身で取ってやってもいいな。そう思ったので、男は辺りに向けてこう言い放った。

「何ならもう一方の足をくれてやってもいいんですがね」

これには皆こぞって目を見張った。人々の中からしばしざわめきが起こった。カウンターのところにいる者でさえ、体を起こしてこの行方を見守ろうとしている。また、食後の化粧直しから戻ってきた連れの女性に何事なのと聞かれて同時に説明もしなければならない。こういう場合、男性よりも女性の方が大げさな反応を見せるものだ。信じられないといったふうにさらにまんまるに目を見開いて、声がうわずって、何より身ぶり手ぶりが大げさに増す。中には我慢しきれず直接この男のところへつめ寄ってくる女性がいた。そしてこれをきっかけに、我こそはとこぞって席を離れる者が出たので、あっという間にこの男のテーブルの前に彼らに寄って包囲網が出来上がった。

「今おっしゃったことは本当ですの？」と、その女性は言った。

「ええ、本当ですよ、何しろ余るんですから」

人々は隣の者と、近くの者と、自分の連れと顔を見合わせてうなずき合った。

「しかし、わたしの注文した男はひとりしかいませんからね、そこのところをよく考えてみませんと」

「――と、いいますと？」

「皆さんは例のスープを望んでおいででしょう、わたしが注文したのとまるっきり同じ、血と骨と腱で出来上がったスープです（わたしはそう呼んでおりますが）。これには最低でもその男の片足が必要だ。したがって残るのは一人分ですな、わたしと同じものを注文するのであれば。ところがどうです、こんなに大勢につめかけられたんじゃ、男の方だって困ってしまいますよ。もし皆さんがその男の血肉を上手に分け合って、うまく全員が恩恵にあずかれるようなうまい調理法を見つけだせれば話は別ですがね。何しろわたしはその男の利き足にしか用はないんだ、あとはどう処理してもらおうと皆さんのご自由です。でもそうなると、とても例のスープには手も届かないでしょう。まさか、皆さんのようなお方が、そんなことこれっぽっちも考えてみなかったなんてことはありますまい」

人々は押し黙ってしまった。そんなこと考えてもみなかったのである。彼らはまた互いに顔を見合わせた。だがどこかぎこちない動きだったし表情もさえない。そして不思議とひきあげはじめたのだ。そうするのがいちばんだと誰もが納得したかのようだった。悔しいのか仕方ないと思っているのか、首を横に振ったり苦笑いを浮かべている。たしかにあの男の言うとおりなのだ。あの男の言うとおりにすれば皆が恩恵にあずかれる。でもそれは皆が本当に望んでいるものではないわけだし、そうならないためのよい方法とやらも思いつかない。悔しいが、あの男のそれを超えるような注文が自分たちにできるとはとうてい思えない。だからといって誰かひとりにその権利を譲るというのは、彼らのような人間には耐えられるものではないのだ。それをふまえて彼らはすごすごとひきさがった。

「うまいこと彼らをあしらいましたな」

隣の老紳士がさも感心したというふうに言った。

「そりゃどうも」

男は軽い会釈をまじえて返した。

「何ならあなたもいかがです？　さっきから何か待っているようだから」

「なに、実はデザートがまだでしてな。食事の方はもう終わっとるんです」

「ここは客によく待たせますな」

「まあそれも仕方ありませんわな。こっちもそれだけ無茶な注文を吹っかけるわけですから」

「まったくそのとおりで」

そう言って男は大きな体をもぞもぞと動かしながら、はち切れそうなチョッキのポケットからつまむようにして懐中時計を取り出した。そして、ちらりと確かめると元の場所へ押し込みながら、「どうもしばらくはかかりそうですな。

ちょっといろいろと注文をつけすぎましたかな？　それに相手の男を何とか説得して（もちろん悟られちゃあいけませんが）、ここまで連れてこなくちゃなりませんからね」

「拝聴しておりましたよ。実に見事な口ぶりだった。しかし、ぐずぐずに煮込んでまるまる一本スープにしてしまおうなんて、実に憎いですな。彼らがああして殺到するのもうなずける」

男はにやにやしはじめた。「ご主人、やっぱりあなたもほしくてたまらないのでしょう。いいですよ、残った一本、あなたに提供してさしあげても。どうせ彼らは、ほら、もうすっぱりあきらめてまたありきたりなメニューにいぶかしげに見入ってますよ」

老紳士は肩をすくめた。

「まあ、考えてみてもいいですな」

「今がチャンスです、最大のね。というのも、いつさっきのやつらが他を出し抜いて、こっそり自分ひとりにその権利を譲ってほしいとわたしに頼み込み、そのうえ小金をつかませるかわかったもんじゃありませんからね」

男はにじり寄ってきた。老紳士はちょっと考えをめぐらしてから、「ではついでにお聞きするが、さっきおっしゃったことはまことなんで？　つまりあなたはその男の利き足を取ったら、他はすべてこのわたしに譲ってくださると」

「もちろん」

「あとはこちらの自由だと」

「ええ、焼こうと煮ようとお好きなように」

すると老紳士は黙ってひとつうなずいて、「それなら、いただきましょうか」

男はかっと歯を見せて笑った。勝利に対する笑みだった。それから二人はがっちり握手をかわした。

「しかしあなたも物好きなお方ですな、わたしの取り分を残して、あと全部もっていっておしまいになる」

「おや、今になって約束をたがえる気ですかな？」

「いやいや、そうじゃない、そうじゃないが、連中がしたくてもできなかったことをあなた、ひとりでおやりになってしまったから」

「その分よけいに生きておりますからな」

「経験がものを言った、ということですかな？」

「まあ、そんなところで」

二人はハハハと軽く声をたてて笑った。ちょうどそこへ、厨房の方からさっきの給仕が姿を現した。例の客たちの中にはこの機会を狙って、ややためらいがちに手をあげたり呼び止めようとする者がちらほらいたが、給仕は見向きもせず、すたすたと足早に過ぎていく。まるで彼らの陣取るいっかくには近づきたくないといわんばかりに、わざとらしく遠回りをするのだ。何を隠そう、彼はいち早く男のところへかけつけたかったのだ。

「あの、今主があちこちへ交渉を進めているところです」と彼は言った。

「じゃ、まだしばらくはかかるね？」

「おそらく」

「そういうわけで——」と男は立ち上がって老紳士の方に向き直ると、「今日はこれでおいとました方がよさそうです。ああ、君ね、そのことだけど、残りはこちらが引き取ってくださるそうだから。とにもかくにも、見つけしだいすぐに作業に取りかかってくれよ。もちろん前もって連絡すること。飛んでかけつけますよ。これ、わたしの名刺だから」

そして老紳士と軽い会釈をかわすと、テーブルの間を縫うように抜けて行ってしまった。

「ねえ、君」と老紳士は給仕をつかまえて言った。彼の席は食堂のいちばん奥まったところにある。

「今の男だけどね、ここへは初めてかい」

「そうみたいです」

「わたしも初めて見た顔だよ。しかし噂には聞いている。生きた人間しか口にしないそうだ。それもこだわりが強くてね、いつも店側に無理難題を押しつけるが、人々はそれにひどく興味をそそられずにはいられない。さっきだってそうじゃないか、彼らのような人たちがまるで目の色が変わった。あれは脅威だね、あんまり自由に幅をきかせすぎると、そのうちここらもそういった客であふれかえらないとは限らないよ」

「いや、店側にはありがたいことでして」

「わたしだってね、人を食らうことに反対てわけじゃあないんですよ。何しろ街じゃ、このごろ人が増えすぎて困ってますからな。だが手当たりしだいはよくない。頑健な男などなおよくない。少なくともあの男には最低限の満足をさせて帰してやることです。例の注文だが、これはあの男には内緒ということで、ひとつ付け加えてほしいんだがね。つまり、所望の男がもし見つかったら（それに関してもちょっと条件がそろいすぎやしないかと思うけどね）、必要な分だけ、つまりその男の利き足だけ取って、あとは自由にしてやってほしいんだ。何しろわたしはあの男とそういう取り決めをしたんだからね、利き足以外はわたしの自由になるのだ。そのことをあの男に悟らせちゃいけないよ。あくまで秘密裏にやるんだ。腕のいい外科医をこちらで用意しておくからね。どうだね、書きとめたかね？」

言われて給仕は慌てて前掛けを探った。

「いいかね、わたしはいつもここで待っている。決まったこの席で」

彼の定位置は食堂のいちばん奥まった角である。そして用がすんだといわんばかりに彼もゆっくり席を立った。

（二〇一六／一七年）

斧

急に話題を変えたのを覚えている。朝早くから何かひそひそ話し声がするなと思って、寝ぼけまなこで下へおりてゆくと、母親が知らない男二人と座り込んで何やら話している。先に彼に気づいたのは男の方で、話をさえぎるように右手で制しながら、「息子さん？」と急に母親にふったのだ。それで誰もが口をつぐんだ。男二人は気まずそうに彼をちらりと見て、振り向いた母親は「起きたのね」と彼を傍らへ引き寄せた。

「こちら警察の方」と彼は立ったまま紹介された。「近くで事件があったって」彼は母親の顔を見た。「犬がなぎ倒されていたんですって」また警官の顔を見ると、「君んとこのね」と年配の方が言った。しばらく沈黙が続いたので、「座ったらどうかな」若い方に促されて彼は腰をおろした。すぐ隣に母親がいた。「なぎ倒されたって？」「ああ、その、斧でね、ざっくりやられていたんだ」「斧?」「そう、斧」「死んだの?」「ああ、残念ながら」「斧ならうちにもあるよ」「ああ。でもこの時期、どこのうちでも入り用だからね」「入り用?」「必要だってことだ。薪がいるだろ?」「うん……」「それでその、君んとこの犬にひどいことしたやつをとっつかまえなくちゃいけない。それを調べてるんだよ」「うん……」「お宅の犬ですが——」と年配の男はまた母親にきりだして、「それじゃ、数日前から行方がわからなかった」「はい」「捜索願いは出していた?」「ええ、一応」「君はどうかな、君んとこの犬が行きそうな場所、心当たりはないかい」「××はもう見つかったんじゃないの」「いや、彼のたどった足取りが知りたいんでね」「あるわけないよ、こっちに知ってる人なんかいないもの」「越してきて間もないそうですね」「あれは死んだ夫の犬で……別れる寸前だったんです、私たち……その矢先に事故で……引き取るしかなかったんです」「××はパパのところへ帰ろうとしていたんだよ」「お父さんのところ?」「だから黙っていなくなったんだ」「以前にも似たようなことがあって……主人の葬儀の時に」「なるほど」「で、いなくなったあと辺りを捜索しましたか」「ええ、何度か。家の裏手にはじまって、国道の方まで出ました」「で、見つからなかった」「ええ」「すると一度ここらを離れてまた舞い戻ってきたことになるんですかね。あの国道沿いで見つかったわけだから」「そうなんだろうな」とひと呼吸おいて、「で、凶器についてですがね」警官はずばり聞いた。「お宅も玄関先に出しっぱなしですな——いや、たいしてめずらしいことじゃありませんよ。薪割り台の上に直接、刃先が刺さったまんまというのは。ただ、これなら誰でも持ち出せると思いましてね。凶器の特定はまだなんだが——」「斧に間違いはない……？」「そういうことです」「部外者かしら」「ここは静かな町ですからね、おまけに引っ越して間もないとなれば見かけない顔のひとつやふたつ、不審には思わなかったでしょう」「いえ、そのような人は」「見かけていない」「ええ、誰とも」「君はどうかな」警官はやや身をのりだしてきた。息子は黙ってかぶりを振った。「ふむ……で、あの斧ですがね、ずっとあそこにあった？」「何です？」「ずっとあそこにありましたか」「ええ、たぶん」「最後に使ったのは？」「さあ……おとといあたりかしら」「奥さん自らお振るいになる」「他に誰がやるんです？」「しかし重たいでしょう」母親はふっと含み笑いを浮かべて、「慣れですから」「ま、そうですすな」「僕もずっとあそこにあったと思うよ」ふいに彼は言った。「確かかい？」「僕の部屋から見えるんだ。何度かそこを見下ろしたことがあるけど、ずっとあそこにあった」「何も変わりなく？」「うん、柄を立てるようにして。でも別のがあそこにあったとしても二階からじゃたいしてわからないね」警官二人はぎくりとして顔を見合わせた。「それはそうだな」若い方が言うと、「こういうちょっとしたことが思わぬ手がかりになるんでね」母親はかたくるしい微笑で返した。「いやはや、すっかり話が長くなってしまって！」年配の方がふいに言って、彼らはようやく腰を上げた。母親が同じようにする。「もういいんですか」「いや、まだ早いのにお手間取らしてしまって」「いえ……」母親が二人を玄関先まで見送ると、息子はじっとそれを目で追いかけた。「行こう、巡査」彼らの後ろでばたんと戸が閉まる。疲れたように戻ってくると、母親は少し横になってきてもいいかしらと言うので、彼は小刻みにうなずいて、けっきょく昼近くまで彼女は起きてこなかった。

＊

その日は静かに時が流れた。学校も仕事も休みだったので、車を走らせてマーケットへいつもの買い出しに出かける。帰ってくると同じように黙ってテレビの前に陣取る。その間二人の間にほとんど会話らしきものはなかった。うんとかそうとかうなずき合うだけ。夕食をすませると、つい休みの間ということもあって、母親は息子に遅くまで起きていることを許してしまい、また一緒になってテレビにかじりついていたが、さすがにもう今日は自分も疲れたと感じて、彼を寝室へ急かした。だが先に彼の部屋へ入っていったのは母親の方である。彼は何か確信をもったように部屋の前でぴたりと立ち止まると、「殺したの、ママなの？」その背中に言った。母親はぴくりとして、薄暗い中でゆっくりと彼を振り向いた。「何を言うのよ」その声にはまだ余裕があった。「あの時僕、見てたんだ」「見たって、何を見たの」「あの時僕、偶然起きてたんだ。ママはまだ下にいるみたいで、何だか騒がしかった。窓辺に行った時、いきなり玄関の戸が激しく開《あ》いて、ママが××と飛び出してきた。ママはこぶしを振り上げて何か怒鳴ってた。でも××が動じないから近くにあった斧に手をのばしかけたんで、僕怖くなってベッドに戻ったの。外はしばらく騒がしかったみたいだけど、やがて静かになっていったんで、僕はドキドキしながら待ってた。ママが中に戻ってくるまでドキドキドキドキ、長く感じて、ママは何してるんだろう、寒くはないのかしらって」「それだけ……？」「それだけ……でも××がいないって騒いだの、その翌日だった」「そうね」「あの時ママ、どこ行ってたのさ」「どこって、ちょっと言い聞かせなくちゃって思ったのよ」「言い聞かせる？」「しばらく寒い中で反省してもらおうと思って」「それだけ……？」「それだけ」「それで置いてきぼりにしたの？」すると母親は目を伏せ顔をそむけるように暗がりに隠してしまい、「あれはパパの犬だもの……でもお前は引き取りたいって言うし……」はっきり聞こえたわけじゃない。が、ふいにきっとこちらに向き直って、「まだ寝たくないからそんなこと言うの？」彼は激しくかぶりを振った。「じゃあそんなところに突っ立ってないで、早くベッドに入りなさい」彼は一瞬とまどったが、それでも母親を真っすぐ見すえながらすたすたと近づいてきた。ベッドに入る際、いちばん近いところで母親の本当の表情を見た気がする。

息子をベッドに無理やり押し込んで、母親は重い足取りで階下へおりていった。思いめぐらすように最後の一段をなかなか踏み出せずにいたが、いたたまれなくなり、やがてすがりつくように受話器を持ち上げていた。「もしもし、警察……？――」

（二〇一七年）

昼と夜のはざまで

1

肖像画の顔はまだ三十そこそこの男の横顔である。色の白い、だが病弱そうに見えるなどというのではない。前を見すえるその眼差しはむしろ何かをとらえて離さなかった。やや丸みを帯びた額のラインがきれいである。鼻はすっとのびているがどちらかというと低い方で、いくらか鼻の下が長いと見える。口元をややきゅっと引き締め、口角をあげたかのようにも見えたが、こうして横顔を見るかぎり、顔の中では唇がもっとも厚みをもっているらしかった。若者らしく褐色の髪を肩までのばしている。気になるのは、額の横に乏しいのではないが、短いのがいくらかぺたりと貼りついたようになっていることだ。畑にうち捨てられ、しなびた葉野菜のようである。しかしなかなかの好男子であった。

「これが今の当主さまで？」

「さようでございますな」

「いつ描《か》かれたものです」

「そう――」老執事は後ろ手を組みながら、薄くなった頭をかしげてみせた。

「十年ほど前でしたろうか」

「ではこのころご結婚なさったのですね。あの子が九つ、十だとすると……」

「まったくそのとおりですな」

「いや、お会いできないのが残念ですね。せっかくこうして訪ねてみましたものを」

「ひょっとするとお会いになれるかもしれませんよ」

「するとこちらにいらっしゃるので？」

「もちろん」

「でも姿がお見えになりませんね、先ほどからずっとこちらを見てまわってますが」

「なに、おることはおられるんですよ」

「ではお部屋の方に」

「まあ、そうでしょうな」

「お嬢さんたちには先ほど池の近くでお会いしたんですが」

「さんざんせがまれましたろう」

「それはもう」

「手を取られましたか」

「両方から」

「幼いとはいえお二人とも力が強い」

「まったくです」

「ところで今どこに？」

「一度中へ入ったようですよ。ホールを抜けるのを見かけました」

「ではまたよからぬいたずらを思いついたんですな」

執事はフフフと不穏な笑いを響かせる。

「いえね、数年前まではこの邸もよく客人を招いておりましたから、それはもう二人していたずらを仕掛けるんで、目が離せなかったんですな」

「なるほど」

「ところで今夜はどちらへお泊まりで？」

「それがまだ決めてないのですよ」

「それならぜひわたくしどもへ」

「しかしご当主にお目にかからぬうちは……」

「それなら問題ありませんな、主人には寛大なところがありますからな」

「しかしご迷惑じゃありませんか、このような大変な時期に」

「わたしどもだって何か気の休まるようなことが必要なんですよ」

「そうですか。それならお言葉に甘えて」

執事はしごくもっともといったふうにふんふんうなずいてみせる。

「××まで行かれるそうですな」

「ええ、こちらへはその道すがら」

「大変ですな」

「ここは静かなところですね、まあ話には聞いておりましたが、奥様を亡くされたばかりだとかで、わたしも一度うかがいたいなとは思っていたんですよ」

「ああ、お聞きしました」

「大変だったそうで」

「とりあえず一段落ですな。忙しい時期はもう過ぎました」

「しかしさっきのお嬢さんがたの話を聞いていたら、泊まるのをためらってしまいそうですね。客室にもいたずらをなさるのでしょう、きっと」

「それはそれはもう」

どこかほほえましいといった口調である。

「ま、夜になるのが楽しみですな」

そう言って執事はにっこり笑いかけると、壁の前から離れていった。横顔の当主が鼻先を突き出してその背中を見送っている。いや、壁にめぐらされた代々の肖像画が厳かなたたずまいでその頭上に控えていた。

2

夜は確かな足取りでおとずれた。がらんとした邸内に明かりが灯されたのは、しかし辺りがだいぶ暗くなってからである。八時過ぎに、昼間彼を取り次いでくれた娘とは別のメイドが呼びにきて、案内されるまま下りていくと、廊下にようやく最後の灯が入る。どこから湧いて出たのか、今の今までまったく気配の見えなかった使用人たちが行き来し、暗がりを出入りしていた。昼間知り合った二人の娘たちがもう席に着いていて、上座寄りに姉、妹と仲良く並んでいる。主はまだいなかった。二人の向かいに腰をおろしながら、今晩はと軽く会釈をまじえてうやうやしく挨拶すると、それがいたく娘たちの気に入ったらしく、くすくすと二人で笑い合っている。

「何がおかしいんです？」

するとまた顔を見合わせてくすくすやっている。

「どうしたんです？　あなたたち、まるで笑いのつぼにはまったようですね」

「だって、『今晩は』なんて言うんだもの」

姉の方が不思議と真面目な顔で言った。

「おかしかったですか？」

「あら、だって昼間とっくに知り合ってるじゃない。池の近くで」

「それがどうしたというんです？　――ああ、確かあの時互いに挨拶しましたね、名前まで名乗って」

「そうよ、それなのに今さら『今晩は』なんて言うんだもの」

姉の言うことにさっきから妹はこくこくうなずいている。

「そうすると、一度知り合ったら二度目の挨拶はないってことですか」

「そうじゃないわよ、そんなにあらたまったふうになる必要はないってこと」

「ああ、そうですね、それじゃやり直しましょうか」

「席に着いたところからでいいわ」

「それじゃあ――」とひとつうなずいて、「二人とも、またお会いしましたね」

「あなたもね！」

そして二人はげらげら笑いだして止まらなくなった。そこへ父親が現れたのである。二人はぴたりと真面目な顔になって、それでもどこか表情のゆるむ一瞬があるのだった。彼はにわかに顔の赤くなるような気がした。それで主が席に着くと、開口一番、こんなことを言うのだった。

「いやに暗いですね」

「ん？　ああ、いつもこうなんですよ。妻を失ってからというもの、どうにも気分がぱっとしませんでね。お嫌ですか、お嫌でしたら言って明かりを増やすこともできますがね」

娘たちがとんでもないというふうにじろっと主を見たような気がしたので、

「いや、結構、じき慣れるでしょうから」

「さよう」ナプキンを広げ直す。

例の肖像画の描《か》かれたのは十年ほど前だと執事は言ったが、もっと長い時間の流れを感じる。髪は白くなった部分がかなり目立ち、縒《よ》れて、櫛さえ満足に通していなかった。

「慣れていただくしかないですな」と主は続ける。

「それに今はこのくらいがちょうどいいのよ。むしろ落ち着くんだもの」

「ひとりで部屋の外を出歩けますか？」

「わたしはさっき部屋を出たとたん、廊下の暗がりに吸い込まれそうになりましたよ」

「平気よ」

「あら、妹なんか廊下を何度も往復できるのよ」

「昔だったらお前たちも怖くて気味悪がったろうに」

「昔ならね」

「わたしはここへ下りてくるまでの間、じゅうぶん気味の悪い思いをしました。ホールにはまったく明かりがいってないようですし。使用人たちがためらいもなくいっそう暗い廊下の中へ消えていくので、思わずぎょっとしたほどです」

「なに、ホールなんぞ暗いのは当たり前ですよ、もうめったに人なんか訪ねてきませんからね」

「実は今も少し落ち着かないのです」

「なに、ようく目を凝らして慎重になればいいだけのことです」

「それに私たちの顔はちゃんと見えるでしょう?」

そう言った娘たちの顔が昼間とは違った印象を受けるのだ。背後に盛った藿萄の房が鈍色《にび》に光って見える。

「あなたはさっきからひとこともお話しになりませんね」

「妹は恥ずかしがり屋さんなの」

「でも昼間お会いした時はずいぶんわたしの腕をひっぱりましたよ」

「妹はシャイなのよ」

「でもあの時はお姉さんと一緒になって、わたしと遊びたがってずいぶんせがんだものですよ」

「お客さまがあんまり招かれた家でずけずけ質問するものじゃないわ」

なぜか姉が挑みかかってくる。

「それにほうら、次のお皿が運ばれてきたんだし」

どこからともなく給仕の腕がのびてきて、食卓へ差し出される。彼らは淡々と作業をこなし、また薄暗がりの中へ消えていった。

「ところで執事さんの姿が見えませんね、昼間わたしが取り次いでもらった」

「あれはもう年ですから先に下がらせましたよ」

「あなたの相手をして疲れたって」

またくすす聞こえる。

「わたしは勝手に開けますよ」

主人は赤いボトルを取った。

「どうです？　あなたも」

「ええ、少しなら」

「酒癖は悪くないでしょうな」

「これでも神に仕える身ですから」

「××へ行かれるそうで」

「ええ、ちょっとした野暮用で」

「あそこには親戚がおりますよ」

手もとのナイフがキィコキコいっている。

「お祖母さまの亡くなったお兄さまの……」

今度は彼女がギィコギコいわした。

「わたしから見ていとこにあたる人ですよ」

「ああ、何か聞いたことがあります」

「何でもよく知っていますね」

主の目がきらりと光った気がする。

「私、今日初めてこの人と会ったわ」

「いえ、こちらのことは前もって聞いて知っていますし、まあその関係で。それにご当家とわたしどもとでは昔からの付き合いが長いそうですから。なにぶんわたしはまだ見習いの身で、話にしか聞いたことはありませんが」

「ああ、そのことですか。どうりでお若いわけだ。しかしせっかくだがお宅との付き合いはもうやめにしたんですよ。いや、お宅だけじゃない、これまで付き合いのあったどこことも我々はつながりを切ったんでね」

「それはやはり……奥様のことがあったからですか」

「まあ、そんなとこです」

「しかし娘さんたちには――」

「なに、娘たちには当然悪いと思いますよ。だが幸いほかにも人が残ってますから。さみしくなったら彼らと遊ぶし、勉強だって教わってるようです。まあ、大したことは教えてやれないが」

「それにあの人たちはまるで無口だし、笑わないの。見つけだすのにも苦労するし」

「それで昼間はあんなにせがんだんですね？」

二人はそろってうなずいている。

「まったく困ったもんですな、たまに人が来るたびにいつもこれです」

「しかしわたしには楽しい時間でしたよ」

向かいの二人にグラスをかかげてみせる。そのままぐいっと飲み干すのを主人はいぶかしげに見届けていた。

「ところで――」と自らグラスにつぎ直してやりながら、「どちらへ行く道すがらでしたか」

「さっきもお聞きしてましたね」

「ええ、さっきも聞きました」

「××です」

「そうでした。で、そこへはどんなご用で？」

「ちょっとした野暮用です」

「それも聞きました。ではどんな野暮用です？」

「野暮用は野暮用です」

「お話ししたくない？」

「つまらないことです、お話しするまでもない」

「まあ、どうぞ」となみなみそそいだグラスをすすめてくる。

「いえ、あまりたくさんいただくわけには」

「たくさんだなんて、まだほんの少ししか」

「いえ、本当に、明日《あした》が控えていますから」

「その用事とやらは、誰か人を待たせてあるのですか。それで遠慮なさってる？」

「えっ、何です」

「つまり誰か人と会う約束をなさってるとか。おや、どうしたんです、何をそんな顔なさるんです」

「あの、わたし、何か言いましたでしょうか」

「いえ、何も。何もこぼしたりなさいませんでしたよ」

「そうでしょう。それにしてもいやに暑く感じますね」

「酒がまわったんでしょう」

「これくらいでは何とも……」

「お部屋へ下がった方がよくはなくて？」

「そうしていただこうか」

「ああ、大丈夫です、大丈夫、本当に、ちょっとかっと暑くなっただけですから」

「どうりで冷や汗なんかかいてらっしゃる」

言われてどきりとした。本当に冷や汗をかいている。

「動揺してるの？」

娘がじかに言った。その表情から明らかに意味をわかって言っている。

「やっぱり下がっていただこう」

主人がふいに席を立つ。思わず彼もそうしてしまった。

「君、この人にはひとあし早く部屋へ引き取ってもらうからね。すまないがそういうことです。だが食事はもう堪能されましたろう」

「ええ、じゅうぶんに……」

　彼はどぎまぎしながら、メイドに促されるうち、自然と食卓を離れていた。娘たちはじっと自分の席から見守っていて、最後の最後に「残念だわ」とだけもらした。それが本当に残念がっているふうなのだ。

「先に休ませてもらうだけですよ、明日《あした》になればまた会えます」

「……」黙ってうなずいている。

「おやすみなさい、あなたも――あなたもね」

　順番に二人の顔を見る。幼い方は口があいていた。軽い会釈に主人は無言でうなずく。さっき呼びにきた同じメイドが部屋まで先導してくれた。

3

　その晩、多少は酒の力も借りて、横になると比較的すぐ眠りに落ちた。あの一杯がいけなかったなと思いつつ目を閉じたのである。

　夜中に一度、寝苦しさを覚え、起き上がって窓辺へ寄った。ところが窓を開けられなかった。どの窓へ行ってもそうなのである。最後のひとつをようやく押し上げたが、どこかにゆがみでも生じているのか、立て付けが悪い。彼はその時、窓枠が少し熱くなっているのを感じた。寝苦しさのせいだと気にしなかったのだが、寝床へ戻ろうとして、戸口のすき間から明かりが漏れている。それがかなりの明るさなのだ。それですぐ察しがついた。あれは壁に取り付けた燭台の明るさとは違う、もっと激しく燃えている。一瞬戸惑ったのち、かまわず扉を開け放った。廊下はめらめらと激しく炎に包まれている。顔を突き出すのがやっとである。ぐるりとめぐらした廊下の反対側にガウン姿の主人が仁王立ちで突っ立っていた。そちらへも火がまわっている。手のひらをかざしてそれを認めた。炎は実際、目に痛いくらいまぶしいのである。

「これが結末ですよ」

　主人は炎に負けじと声を張り上げる。

「これが結末です、あの運命の晩のね。その部屋の前から火の手はあがった」

「この家が火事に見舞われたのは知っています」

「やはりね。ほかに何をご存じです」

「何も、それだけです、わたしが聞いたのはそれだけで、その火事で大勢亡くなったと聞きます」

「あの晩いた大半が死にましたよ、逃げそびれてね」

「あなたも……？」

「わたしもだ」

「娘さんたちはどうです」

「あの二人はいたずらがすぎたんですな、何かしでかしたと言ってました。廊下の片隅で身動きとれなくなっていたんだが、さらに小さい方が逃げ遅れてね、もうひとりが階段から必死に呼びかけるんだが動こうとしない、火のまわりが大きすぎて互いに動けなくなっている、そうこうするうち足もとが崩れかけましてね、行く手を阻まれ、その上あの子の頭上に天井が降ってくる、それにどうやら仰向けに押しつぶされたらしくて、それであの子は今じゃ口がきけないありさまです。わたしたちも逃げ場を失ってしまった」

「そんなことが……」

「あなたは何も原因をご存じない？」

「ええ、本当に何も」

「何かしでかしたとはいったい何のことでしょうな、何しろ娘たちは大のいたずら好きで――」

　ふいに主人は黙りこくった。

「娘さんたちがご存じなのでは？」

「ええ、でも今さら問いつめてなんになります？」

「使用人たちも助けに入って……？」

「そうです」

「奥方は次のお産で邸を離れていたとか」

「そうです」

「男の子だったそうですよ」

「わたしは顔も知りませんがね。あれも成長したらいい跡取りになっただろうに……」

「××におられますよ、二人とも」

「知ってますよ、いとこのところだ。ところであそこへ行かれるのはやはり妻に会いにですか」

「そうです」

「ここへ来ることも頼まれた？」

「それはわたしの一存で。ここへは本当にふらりと立ち寄っただけなんです」

「でもそうして会っているということは、あれともまだつながりをもっているわけですね」

「それを望んでおいでですから」

「そうですか、ではどうぞそうしてやってください」

「教会としてはあなたともつながりをもっていたいのですが」

「ああ、どうかそれ以上は言わないでもらいたい、わたしだってつらいのです」

「でも娘さんたちはどうなります？　あの子たちはもう今にもあなたの手を離れそうですよ」

「明るいうちから外をかけまわって――」

「そうです、虚像と現実とを行き来しはじめている。奥方はそのことでずいぶん苦しんでおられるようです、彼女たちが不憫《ふびん》だと」

「ではどうかあれに言ってやってください、何も心配するには及ばない、ようやく決心がついたとね」

「信じてよろしいんですね？」

「何ならじかに執事に行かせますよ」

「ああ、それは心強い」

「あれも憎い男ですな、妻のもとへ行ってやれと何度も言ったのです、だが自分はわたしに仕えるのが役目だと言い張って。ここらであれを解放してやりますよ」

　火の手が激しいことを忘れかけていた。それほど相手の声がはっきりとよく聞き取れたのである。しかし火は明らかに勢いを増していた。炎のうなり声が聞こえる。じりじりと後退せざるをえなくなって、とたんに戸口をわっと火の手が覆った。とっさに身をかわすことしかできない。その中でどうにか主人の姿を認めた。そして目が合ったのだ。彼はこちらをじっと見すえ、びくりともしなかったが、次の瞬間くるっと背を向けて、そこが彼の寝室だろうか、燃え盛る火の中へ何の迷いもなく消えていった。同時に炎が幾重にも重なって視界をさえぎる。それが最後に見たものだった。

4

翌朝おりていくと、老執事と彼の孫娘が、離れの一室でさっそく食事の世話をしてくれた。

「よくお眠りになれましたか」

「ええ、まあ……夢を見ましたよ」

「ほう」

「とてもはっきりした夢でした。いや、夢というにははっきりしすぎていますね、だからといってそうじゃないとも言いきれませんが」

「なるほど」

「ところでお嬢さんたちは？」

「ああ、そういえば今朝はまだ見かけませんな」

「そうですか……発つ前に今一度お目にかかりたいと思ったんですが、そういうことなら仕方ない」

「何かありましたかな？」

「ええ、まあ」

そこへ執事の孫娘が朝食を運んできた。

「おや、こいつはうまそうですね、なにぶん昨夜はあんまり食べた気がしなかったものですから」

くすくす笑いながら孫娘はテーブルを離れる。

「すると現れましたか」

「ええ、現れました、ちょうど部屋でうとうとっとしかけたところへ。そういえばあなたもあの晩は邸におられたとか」

「ええ、でもわたしはこの離れの方にね、先に休ませてもらっていたんですよ。火の手があがった時も若いもんが率先して、わたしなんかの出る幕じゃなかった。何よりもあっという間に火の手はまわりましてな、ただ傍観してたもおんなじですな、あれじゃあ」

「こちらへは火がまわらずにすんだとか」

「おかげさまでね、母屋の方も上はあんなありさまですが、下はいくらか無事で、まあどうにか面構えだけは残ってくれたわけでして」

「踊り場から先がそっくりなくなっているのは衝撃でした、でも代々の肖像画があんなにもきれいに残って」

「奇跡としか申せませんな」

「しかし何とも皮肉ですね、なぜ奥方を失ったなどと――」

「まあ、失ったことに変わりはないですからな。この世で奥様は旦那様と別れ別れになり、あの世で旦那様は奥様と離れ離れになった。大して違いませんよ」

「ではやはり未練が残って……？」

「そりゃ残るでしょうな、だからわたしにはその気持ちが痛いほどようくわかったんですよ」

こじんまりとした一室で（そこは貯蔵室と兼用になっていたが）、穏やかに湯が沸きはじめる。孫娘もまるであせるふうもなく、茶葉を探したり棚や引き出しを開け閉めしている。執事は見習い僧に断りを入れ、小さな食卓を一緒にはさんでいたが、やがて熱い茶を入れてもらうと、食後の一杯らしく時間をかけてすすった。

5

午前中には邸をあとにしていた。執事と彼の孫娘が戸口まで見送りに出てくれた。敷地内の脇を通り抜けて玄関先へまわる間、普段は背を向けて見えない箇所が大きくえぐり取られたように痛々しくのぞいている。それを外側から見るのはおそらくもう二度目であった。しかし最後に今一度ふり返って見た時には、まったく以前と寸分変わりないような（まさしく執事が言ったような）面構えを残しているのである。それだけが何か救いだった。彼は今日にも××に奥方を訪ねる。この家のもろもろのことを幼い息子が理解するにはまだ早すぎるだろう。それでもとりあえず町へと足を向けるのだった。

（二〇一八年）

客人

あんなに美しい庭先にわたしは何を見たと思う。あれはまさに美しいと形容するにふさわしい、そのひとことにつきる初夏の出来事だ。毎年のように妻の緻密な計算によってこの庭全体が調和のとれた美しさを保っていた。そこへもってきてこの時期特有の若葉の鮮やかさ、程よい風、程よい日差し。わたしは窓辺に引き寄せた椅子と、傍らにお茶なんぞを用意して、風の冷たくない午後などは、まぶしくない程度にテラスへ出たりして、椅子にゆらゆら、その日の午後を楽しんだものだ。

さて、その日もそんなふうにテラスへ出ていた。汗ばむくらいの陽気だったせいか、ついうとうとと気持ちよくなってしまい、一瞬のことだがすうっと眠りに落ちたらしく、気がつくと背もたれから頭がこぼれかけていた。わたしはすぐ両ひじを張って体勢を元に戻したが、頭の方はたったわずかとはいえまだぼんやりしかけていた。そんな状態でふと目の前が見えたのだ。庭の中を緩やかに蛇行している小道の傍らにちょうど時期を終えたばかりの灌木がいじらしげに立っているが、あの辺りからそいつはがさごそと這い出してきた。一瞬見て、わたしはこれほど今のこの状況に似つかわしくないものはないと思った。と同時に自分の目がまるで信じられず、頭を振ってしきりに目をつむったものだ。

ところがたしかにそれは見えているのだ。わたしはその時ひとりだった。妻はたぶん家の中だ。しかしあれを呼びつける声さえしぼり出せなかった。わたしの体はなかば椅子の中で硬直しかけていた。両ひじを張ったまま勢いよく立ち上がることもできない。そいつは四つんばいになり地べたをうろ、うろ、さまよっていた。時折二つのぎらぎらした目がこちらを向いた。そのたびにぞくっと寒気がするのだ。そんな陽気にもかかわらずだ。動きはだいぶ鈍かった。そしてそれはどうやら負傷しているためだとやがてわかった。いちばん目立つ背中のしなびた翼に加え、脚をどちらか引きずっていた。

不思議なことに相手が負傷しているとわかると、その正体が何であれ（あの脚、あの翼、あの目、あの尻尾！　だいたい想像はついたが）、哀れに思えなくもない。はじめからここへ来るつもりは毛頭なかったのに、ふいにこんなことになりさまよい込んでしまったのだ、そう訴えかけられている気もするのだ。特にあの目を向けられると。そしてその目はまた、負傷した兵士らしくぎらぎらと恨みのこもった目でそこにいるはずのない敵方を探そうとするらしい。その足取りは力なく頼りないが、落ち着きもなかった。まるで周囲の光景に立ちくらみがし、そのくせ大した処置もできず、ただうろうろと腰を落ち着ける場所を探してでもいるように。

わたしはもう恐ろしさの大半は消え去っていた。少なくともそろりと椅子から立ち上がることができた。そして次に何をすべきかと考えた時、妻のことが思い浮かんだ。あれが真っ先に目にとめたりなどしたら。何よりあれの心臓がもたないかもしれない。固まって卒倒してしまうかもしれない。そこでわたしは非常に慎重になって、それでもいち早く家の中へ戻った。妻は居間の涼しい場所で椅子に腰掛けくつろいでいる様子だ。それを見てまずはほっとした。それからまた足早に寝室のクローゼットの奥から猟銃と弾を持ち出し取って返すと、穏やかに妻に歩み寄った。「いいかね、わたしがいいと言うまでここを動いちゃいかん」肩に手をやり約束させた。妻には傍らに下げた猟銃が目に入ったらしい。「まあ、何事ですか?」わたしは答えた。だが本当のことを言うわけにはいくまい。「花壇に鹿が入りこんでね、球根を食べられちゃあ君もやっかいだろう? なに、ちょっとした脅しさ」「あら、すまないわ」「一、二発、威嚇するだけだ。嫌だったら君、しばらく耳をふさいでなさい」言い残してわたしは出ていった。

庭先に出るまでにわたしはすでに軽く銃を構えていた。弾は二発分、すでに込めてある。そしてその姿を確認すると(その時本当に花壇のそばにいた)、威嚇のためにあえて狙いをきっちり定めず、さっそくぶっぱなした。一発目でやつはぎょろりと目をむき振り返った。まさかの不意打ちに一瞬うろたえたのだろう。しかし二発目でささっと近くの茂みに消えていった。しばらくそこらがガサガサうごめいた。わたしは予備に持っていたもう一発を込めるかどうか迷ってやめた。やがて物音がしなくなったのを確かめられたのだ。

妻は銃声がやむと窓辺へ現れた。「どうなりました?」「うまくいったよ、もう近寄ることはあるまい」「どうやら花壇、無事そうですね」わたしは花壇の縁取りさえ傷つけなかったこの腕に感謝した。「念のためにぐるりとしてくるよ」わたしはそう言ってその実そいつの這いずり回った跡をそれとなく消してまわったのだ。そしておそらくあちこち傷ついていたせいだろう、血と思われるものがところどころに落ちていた。そいつは負傷してまだ間もなかったのだ。

しかしどうしてこんなところへ現れたのかいまだにわからない。真昼の幻想だったのかもしれない。あれだけの手傷を負っていたから、もしかすると最期を悟り、ふらりとこんなところへ身をゆだねたのかもしれない。いずれにしろやつの消えていった茂みの辺りを念入りに調べたが、跡形もなくなっていた。たしかにそこへ逃げ込んだと思われる地面の乱れだけだ。そしてこれはわたしが辺りをぐるりとめぐって戻ってきた時に気づいたことだが、それがたしかに後ろ足で立ったであろうと思われる足跡が花壇の近くで見つかった。それはたしかにヤギのひづめともそうでないともいわれているものだ。

（二〇一八年）

茨の城

町はずれのいっかくに、その昔はこの地方でいちばん美しいと噂された邸があった。いくつもの尖塔からなり、そのてっぺんが木々の梢にまじって突き出しているのが、林道を抜けてくるまでに何度も見え隠れする。だが敷地内は決して広大とはいえず、ちょっとした芝地を隔てて、奥行きのあるもとからの森林が豊かに残っているくらいであった。そこからぽっとわいて出たような野いばらが、この家の家族と共に成長し、うら寂しかった邸の裏手を見事な庭園に変えた。それは次第に人々の目を引き、この邸のちょっとした名物となったのだ。林道を抜けて敷地内に入ると、まず黒々とした背高《せいたか》の門が訪問者を迎えた。そこから邸の前に車をつけるまで、ちょっとした並木道の間を抜けてゆく。だが今やさまざまなものが様相を変えてしまって、その木立には姿を変えるほどびっしりといばらが巻きつき、よく見ればくぐってきた門にもアーチ型にそって蔓《つる》がのびているのであった。

　時折見られる訪問者は、そのたびに容貌を変えていく邸を目にした。裏手のいっかくから広がったいばらは、いつの頃からか成長を超え、暴徒化したといい、芝地を無数にはい回って、足場もないほどに埋め尽くしてしまった。もう邸の周囲には鳥さえ怖がって降り立たないという。それは表の方にも広がり、車寄せに使う半径いくらかをわずかに残すばかりだった。門からそこに至るまで、足場はまだ残されているとはいえ、いばらは境界線をはっきりと示しており、容赦なくとげを向けてくる。また上に目を転じれば、離れようとするものを下から引き止めているように、いばらはさらに地べたからはい上がり、邸中の外壁をぐんぐん伝っているのだった。

　もちろんこの野いばらも、その昔は単なる野いばらで、世話をする庭師もいた。だがこんなふうになりだして、他のどんな低木も茂みも、あるそばからすっかりのみ込まれてしまった。庭師がどんなに手を入れてもあっという間に広がり続けたのだ。庭師に用はなくなった。今では邸の主《あるじ》がふらりと出てきては、目についたそばから不要なものをぽきりと手折っていけばよいのである。

数あるとげも主人には決して手を出さない。その代わり一輪でも彼のお目にかなったら、ひっぱりだしてきたような花瓶にさされて、昼間でも薄暗い室内に忘れた頃まで飾ってもらえる。

この主は長いことひとりだった。昔から仕えているなじみの執事を今でもそばに置いて。妻には先立たれ、四人いた子供はいずれも夭逝《ようせい》している。以降、彼は外の世界との交わりを断って、ひっそり亡霊のように暮らしてきた。いばらが暴徒化したのはそんな頃のことだという。家族を残らず失った後で邸はふいに沈んだような静けさになった。主は心を閉ざし、そんな姿に離れていく人も少なくなかったという。一方でいばらは蔓をのばし続け、ついには邸を丸ごと包み込むようにのみ込んだ。彼らは美しさと引き換えに、主やこの邸を守ることを選んだのである。

今やここを訪ねてくるのは、執事が主人のために運ばせる食料配達人と、時折姿を見せる主の幼少期からの親友くらいであった。彼は邸や主のありさまに呆然とし、心を痛めていたが、自分ひとりにできるのはこんなことくらいだと嘆きつつも、こうして訪ねては食事を共にし、いっときでも主人の心をときほぐしていくのである。そして最後にはかならず、無駄だとわかっていても同じような言葉をかけていった。「君はここから出るべきだよ」

主はわかっているのかそうでないのか、微妙な笑みを浮かべるだけである。それでも厳しい言葉で説得を急ごうとは思わない。こうして地道に訪ねてくる。だが思いはひとつだった。彼はこんなところにいちゃいけない――

結局、あの庭から発生したいばらはこの邸の主そのものであると考える人は多い。あらゆる絶望を経て、彼はいばらの概念をくつがえしてしまったというのだ。あれはこれ以上の悲しみから自分を守ってくれる、外の世界に対して常に鋭いとげを向けていてくれると。しかし彼は知らないのだ。あの邸の地下室に明かり取りの窓を破って侵入し、地下へおりるための階段をむしばむように細い蔓が巻きつき始めたのを。とげはついに内にまで向き始めた。それはいずれ彼が彼自身の首を絞めることを意味する。

（二〇一九年）

居《い》候《そうろう》

そいつのやってきたのは、ついに眠れなかったひどい嵐の晩だった。別に一晩の宿とか食事を申し出るわけでもない。ただ、そんな我々の気をまぎらわしてくれるというので、真夜中にもかかわらず迎え入れたにすぎなかった。我々はとうとうそいつの話に一晩中、耳を傾けた。そいつはまったくよくしゃべった。まくしたてるというのでもないけれど、そんな夜にふさわしく、声の調子を抑えて、とりたててどうということもない話ばかり並べ立てる。しかしそれが心地よいといえばそうであるし、またある時はふいに退屈に思えてならなかった。そいつはひとつ話題を変えるごとに、目の前のちろちろとした暖炉の火が消え入りそうだと念を押した。だが誰も取り合わなかった。我々はもとよりこそこそと起きだしてここに集まってきたわけで、この程度の明るさでも十分である。ましてや体を暖めようとは思わない。また、そいつは突然、我々全員を見まわして、何か口元がさびしいようなことをほのめかすのだった。義兄《あに》はそいつと向き合うように座り、肘掛け椅子に片ひじついて無愛想に埋《うず》もれていたが、それを聞くと、見もせずに傍らの小卓に腕をのばし、そこから果物皿ごと取って寄こした。一方で姉がホットミルクでもどうかとすすめる。あるいは熱いお茶でもと。それをいいことに、そいつはとたんにそれに合うクッキーでも（一枚でも）ないかとねだった。姉は見てみなければわからないと言ったものの、ちゃんとお盆にひとそろい用意して戻ってくる。そいつはホットミルクをすすりながら、クッキーをむしゃむしゃいっぺんに食べてしまうと、またどうでもいい話を始めるのだった。

やがて辺りが白けてくるのに合わせて、ようやくおしゃべりも下火になりつつあった。そいつはまた話の終わりに暖炉の火のことをもちだしたが、今度こそ本当に消えそうに見える。姉が全員にお茶を入れようと離れかけた時、ちょうど起きだしたメイドが火の消えた居間に入ってきて、かわいそうに、うつろな目をした主人たちと唐突に目が合った。そのうえ、中に一人まったくの見ず知らずがいる。姉がお客さまだと告げると、彼女は納得しながらも、うさんくさそうに振り返りながら出ていった。祖母をのぞいては誰も寝室へひきあげようとはせず、また朝食の席に着こうという気すら起きなかった。だがなぜだかそいつは自分はいただきたいと言って、メイドのあとにいそいそとついていった。僕はなかばあっけにとられて見ていた。義兄《あに》は隣でズボンのポケットに両手を突っ込みながら、俺たち妖精か何かを見てるんじゃないよなと冗談めかした。そいつは少なくとも三人分のトーストは平らげてしまったという。そればかりか姉は女家長らしく、いろいろと機転をきかして、棚の奥の奥から古い蜂蜜の瓶を探させてきた。入れてくれることになっていたお茶はどうなったというのか。ひととおり食べると、そいつは一度は食堂から出てきて、誰ともなく人の後ろをくっついてうろうろ歩き回っていた。女性陣はみな口をそろえて、追い回されているようでいけないと言った。やがてそれをぴたりとやめたかと思うと、今度は食べたばかりでもう次の食事の催促をするのだ。誰かれかまわず人の袖をひっぱって、クッキー一枚でもいいからとねだる。そのくせそれだけではすまなかった。そんなことが度々あり、そのつど作っている暇などもないから、かまわないから勝手に厨房へ行って食べてくれということになった。

ところがそいつには厨房にあるどんな台にも棚にも手が届かないというのだ。仕方なしに誰かが行って要望にこたえてやらなければならない。たいがい片手でかぶりつけるようなものを求める。クッキーしかりトーストしかりだ。そのうち誰かがビスケットか何かを缶ごとまるまる与えてしまって、ホールの隅の椅子の上で抱えながら、すぐに空っぽにしてしまうのを若い執事が見たと言った。また彼らはこの日、自分たちが食事をとる際は、そいつに見つからないように素早く食べてしまおうということが決まったということだった。

よくしゃべって食べた後は、今度はちょっとした楽しみを見つけたらしかった。まず手始めに、これ見よがしに悠々とくつろぎだした。誰の邪魔をするわけでもないのに、目線に入ると気が散っていけませんとメイドがぶつくさながらも訴えてきた。それによると、瞑想にふけるかのごとく肘掛け椅子の中にずんぶりと埋もれ、居間中の椅子でかわるがわるそれを試している。僕はそれとなくそいつをテラスにひっぱりだした。出るなり、自分はあの晩ここから入ってきたと得意げに指差した。そしてそのとおりわざわざ実演しかけてくれたので、慌てて襟首をつかんで引き戻さなければならなかった。そいつは驚いたものの、窓辺から離したところへおろしてやると、今度は辺りに目を向け始めた。もうそこへ自分なりの楽しみを見いだそうとしているらしいのだ。見守っていると、テラスの石畳の上をちょうど光と影の部分がまっぷたつに分けていたので、その境目へ行って、ごろんと身を投げ出し寝そべった。そこで腹ばいになって長いこと動かない。さらに見ていると、ごろんと仰向けに転がって影の方へ入っていき、またごろんと転がって最終的には日なたの方に出てきた。どうやらまずはああして半分ずつ味わって、どっちにするか決めてみたらしい。そいつがまたしてもじっとして動かないので、頃合いを見はからって中へ戻ると、義兄《あに》が長椅子に寝そべるようにもたれ、仕事用の眼鏡をかけて、書類に目を通していた。真剣そのもので、まるでそいつのいないうちに一枚でも多く片付けておこうと意気込んでいるかのようだった。ようやくそばに座った姉までレース編みの続きを黙々とやりだした。祖母は平穏なうちにと、食後のお茶の後で午後のお茶をすっかりすませた。だが誰かが気づいた時、いつの間にかそいつはすでに家の中に戻っていた。そこら辺にべたーっと転がっていたというのだ。確かにメイドが言ったとおり、一度目にとめてしまうと気になっていけなかった。そのうちそいつは、何時間も平気でひとところに横たわることに楽しさを見いだしたらしい。あろうことか偶然発見されるまで、誰にも知られずに食堂のテーブルの下で夜を明かしたくらいだ。その日、夕食の席に現れなかったのはそういうことだった。

そうやって五日ばかりたったころ、そいつは突然眠気を訴えて、朝食の後またすぐ二階へと上がっていった。階段の段差がそいつにはひどく厄介らしかった。ともするとその途中でがっくり膝をつき、前のめりに倒れてしまいそうなのだ。それでも自力で上がらせようと、義兄《あに》自ら後ろから尻を叩いてせっつく。それきり部屋から出てこなかった。いろいろとやり尽くした後で、疲れたんだろうと義兄《あに》はそっけなく言った。ある時は書架の梯子にまたがって知識をむさぼり食い、またある時はどれもこれもしっくりこないと、亡き父のお古をとっかえひっかえ試着したのだ。どのみちサイズがだぼだぼで、最後にはもとの衣服に戻っていた。その格好のまま二階へ上がって、今度はよく眠っている。姉は腰を落ち着けていると、ときどき天井にちらりと目をやって階上の気配をうかがいだすのだった。午後、そいつの部屋の前に来ると、メイドと若い執事が中をこっそりのぞきながら、明日になったらまた何か始めるのかしら……と怪訝そうにひそひそ言い合う場面に遭遇した。

（二〇二〇年）

門の前

　ある日のこと、ひとりの青年が思いがけず大きな門の前に出てきた。戦争で負傷してきた片足を杖でひょこひょこ補いながら。門の脇には門番らしき男がひとり立っていた。お仕着せの金のボタンが並ぶ制服に、お仕着せのふちのある帽子、お仕着せの黒いブーツ。門番自身のものといえばその立派にたくわえたひげくらいのものだった。人の良さそうな門番だったので、青年はさっと門の先に目を走らせた後で、門番に近寄った。「やあ」

　呼びかけられると門番は帽子のつばに指先をそえて（その手にもお仕着せの白い手袋がはまっている）軽く会釈をした。この時、薄茶色の縮れかかったひげに埋もれた口の両端がわずかに持ち上がった。「いい日和だね」と青年は続けた。「まったく、こんな日はこうしてぶらりと散歩に出てみるもんだよ。思いがけずこんなところへ出た。××通りはこの近くかな」杖を支えに青年は肩越しに顔を向けた。門番はそれには答えなかった。代わりに青年の方へちらりと視線を向ける。「それにしてもここはどういうところなの？　こんな大きな門をたずさえて」青年は傍らに鉄格子の門を見上げた。それは門番が履いているお仕着せのブーツに負けず劣らず黒光りしている。門番はやはり答えなかった。それでも青年はいっこうに気にしなかった。

「君はたったひとりでこの門を守っているの」青年をちらりと見て門番はかすかにうなずいた。「一日中？」門番はうなずく。「交代する人はないの」またうなずく。「それは大変な仕事だ」門番は黙っていたが、そんなこともないと言いたげな穏やかな目だった。青年は門のすき間から、遠目に見えている邸宅とおぼしき建物をのぞいた。「しかし君は何を守っているんだろう。あのお邸と関係があるのかな、それともこの門そのものをなのかな」これは単なる独り言のようにも受け取れたし、門番に対する質問のようにも受け取れる。いずれにしろ門番は、肩越しに青年と門のむこうをちらりと振り返ったにすぎなかった。

と、ふいに青年は自分の杖を持ち上げて軽く門をコツコツと叩いてみた。そうすれば何かしらの反応が門の先から返ってくるんじゃないかなどとどこか冗談半分に。それだけでなく、門番の反応を一応はうかがって、今のがまったく問題ないようなので（門番は顔を向けはしたが何も言ってこなかった）、今度はその杖を門にあてがったまま左右に動かしはじめた。がらがらと格子に沿って案外、大きな音をたてる。驚いたことに門番はそれさえも黙って見過ごしていた。注意もせず、あの穏やかな目で彼のすることを黙って見つめているだけなのだ。だがその視線に気づくと、さすがに青年はぴたりとやめて、杖を足もとにおろした。

「君は何も言わないんだね。任務に従順なのはいいことだけれど」青年は横目にちらちらうかがいながら言った。「もし僕が今まさにここを突破しようと試みる脱走兵か何かだったら、どうするの」もちろん冗談のつもりで言ったにすぎない。だがこう相手が黙っているのでは、冗談として通じているのかどうかもわからない。案の定、門番はひげの奥に埋もれた口を静かに閉ざしたまま、何か言ったかねといわんばかり、また視線をちらと寄越しただけだった。

そこで彼は、ただ門の先をもっとよく見たいからというので、気持ちのびあがるようにして格子の間からうろうろ顔をのぞかせた。今までになく門に近づいたので、門番があせりを覚えたのか、やおらぴくりと反応する。青年にも何となく気配でそれがわかったが、門番は少しだけ体をこちらに向けはするものの、まだ何を言うでも指を差されるわけでもない。なるほど、これでようやく彼の気をいくらか引けたわけだ。それじゃあ――と青年は、やめればいいのに続いて右手で格子をがっとつかんだ。さらに門番の注意を引きつけようというので。

この時彼が期待していたのは、門番がやっとそれらしく声を荒げて彼を注意し、門からひきはがし、さっさとこの場から立ち去れと促すような場面だった。それだけでもう、門番がここにいることの価値が最大限示される。ところが思いがけず、背後がにわかに騒がしくなって、それが徐々にこちらへ近づいてくるのがわかった。それは無数の足音だった。それも足並みをぴしっとそろえた軍隊式の。青年は目を丸くして、格子をつかんだまま肩越しに振り向いた。すぐに背後がひとつの隊列で埋まり、合図もなしにひとりでに止まった。中央からひとりの男が進み出てきて、門番に呼びかける。「この男かね」いつの間にか門番は姿勢を正し、真っすぐ前に向き直っていた。「はい」と門番は威勢よく発した。その視線はまったく関係のない宙へと向いている。「何も問題はなかったようだな」隊長は青年と門番を交互に見てこう言った。「はい」青年は肩越しにこんなやりとりを黙って見ていた。状況がよくのみ込めないのと同時に、あの門番が普通に口をきいているのが不思議でならないといったふうでもある。門番のもぞもぞ動く口元（の正確にはひげ）に見入っていると、ふいに隊長が背後へ寄った。「いつまでその門を握っているつもりかね」「えっ？」そう聞き返してようやく言葉を理解した。青年はぱっと手を離すと、両手を杖にそえたまま無理に肩をすくめた。ちょっとしたおふざけですよ、とでもアピールするかのごとく。だが隊長はまだぴたりと背中にくっついていた。「それがすんだらそこをどきたまえ。まだ終わりではないぞ」

　あの隊列を動かすのだろうと青年はふんだ。彼らはこの門のむこうに用があるのだ。青年はひょこひょこと脇へ退いた。門番のすぐ隣に避難したので、軽くぶつかり、思わず目が合った。しかも彼には門番があまりいい顔をしなかったように思えた。もしかすると、それだけどいただけでは足りなかったのかもしれない。彼はもう少し脇へ行こうとしたが、隊長がそれを止めた。「ああ、それ以上行く必要はない。とりあえずそこでいいから」言われるがままにしたが、何事だろうと青年は門番の顔に答えを求めた。だが門番は黙って前を見すえ、見向きもしない。その間に隊長は赤々とした軍服の胸ポケットからひとつの黒い鍵を取り出し、門の錠に差し込んでがちゃがちゃとやった。そして鍵を元に戻すと、錠を解いたあかしとでもいわんばかり、門に少しのすき間をつくるのだった。

「さあ、行きたまえ」と隊長は青年に向き直って言った。その一方のつま先が道を示すかのように門の内側に向いている。青年は少し戸惑ったのち、「それって僕のことですか」「君のほかに誰がいるのかね」「しかしあなたたちは……」「我々がここを通ってどうする。君のような者たちが行くところなのだ、あそこは」「そうなんですか。僕はてっきり――」「ぐずぐずしてはおれないぞ。君はこの門に触ったらしいからな。それにふざけてみせもした。それだけの気力があるわけだ。門番をからかおうというだけの気力がな。中にはそんな気さえ起きないようなひどい状態で戻ってくるのがいる。そういう者は仕方ない、まだここを通すわけにはいかないのだ。いくらあれだけ立派な施設でもな。仕方なく別の門の前に連れていかなければならない。――わたしの言うことが少しはのみ込めるかね」隊長は次々に言ったが、ちゃんと相手の反応もうかがっていたようである。青年は苦笑いを浮かべた。「いいかね、我々にはゆったりしている時間などないのだよ。あそこですっかり傷を癒やしたら、ここを出てまた別の門の前に来たまえ。場所はこの門番が指差してくれる。そうしたら君は晴れてもとの戦場へ戻れるわけだ。その時君は、今度は門の内側へ向かっているのではなく、外側へ向かっているのだということを忘れないように」

　戦場だとか戻るだとか、それらの言葉でいっぺんにわけがわかった。あの口ぶりではまだ戦争は終わっていないのだ。「では……この外で我々は戦っていたんですか?」「そうだ、今もそうだ」青年は思わず笑みをもらした。「そんなふうには見えない」「見えたらどうだというんだね」青年は口をつぐんだ。「我々が欲しいのはこの戦争に勝つことだ、だから君たちは大いに戦う必要があるんだよ、こうして中と外とを行き来してね」命を落とさない限りは、というようなことを隊長はあえて言わなかった。もしかすると、そんな場合でも戻ってくる可能性がまったくないとは彼にも言いきれないのだ。「どのみち行くしかなさそうですね、僕には」「わかってるようだな」「そのためにこんな大がかりな門があるんでしょう、たぶん。それにあの隊列も」「わかってるじゃないか」「僕だってこんな戦争はさっさと終わらしたい」隊長は頼もしいとばかり目を伏せほほ笑んだ。「実にいろんな考え方があるものだよ」

隊長は触れるか触れないかのところで青年の肩に手をまわすと、自分と並んで門に向き直らせた。「覚悟はいいかね」青年は背後に控えている隊列をちらと振り返った。「どちらにせよ僕たちは戦争へかりだされるんだ」潔いというか何というか、彼は終始、話しぶりも顔つきも淡々としている。そしてそのまま開《あ》いたすき間からひょこひょこと中へ入っていった。そこでいったん足を止めると、すぐに背後でがちゃんと門が閉まる。続いて錠に差し込まれた鍵がまたせわしなくがちゃがちゃ回り、最後に隊長が格子に手をそえて、すき間から顔をのぞかせて言うのだった。「幸運を」

青年は肩越しに振り向いた。隊長がくるりと身をひるがえすと、それが合図だとばかり隊列も足並みをそろえてばっと向きを変える。そしてもと来た方へ引き上げていくその後を、隊長がやや足早に追いつこうとしていた。彼らはそうしてにわかに出てきた薄もやの中へと消えていった。その中に一瞬、戦場でのざわめきを周囲に聞きつけたような気もする。ただ低い足音のみがその後《ご》も徐々に遠ざかっていくのを、青年はもう歩きだしながら背中で聞いた。

（二〇二〇年）

遠出

その日は子供たちにとって初めての外出日であった。やっとお許しが出たのだ。院長は子供たちを院長室に呼んで自らそう告げた。「さいわいお天気もよさそうですし」子供たちは何も疑わなかった。外出できるというだけでもう飛び上がってしまったのだ。無造作に外套をひっかけると、勢いよく扉を開け、孤児院の入口の階段をわーっとかけおりてきた。辺りはすっかり秋の終わりを告げていた。門までの広い敷地内には木立が点在し、その落ち葉が風で吹き寄せられたのだろう、長いものは蛇行しながら門の外へといざなうかのようにのびている。子供たちはその門のむこうへまだ一度も出たことがなかった。

門の外には引率員らしき男がひとり、ひょろりとたたずんでいた。院長からも誰からもそれらしい説明はなく送り出されたが、子供たちは誰も不思議とそんな気がしたものだ。子供たちだけで外に出してもらえるはずがない。男は膝下まである真っ黒な外套に身を包み、黒い革の手袋をして、目深にかぶった帽子まで黒かった。子供たちがやってきて、絡み合った模様の門の片方を静かに押し開けてやった時、外套の袖の下から別の白い袖がのぞいた。子供たちはそのすき間から、一人また一人と、男をさまざまな表情で見上げながら外に出た。そして男の前に列をつくるように、自然と塀に沿ってそれなりに固まりだした。全員が外に出ると、男は門を静かに閉めた。

子供たちは何の疑いもなくこの男の後に従った。門前までの道のりは前方にも左右にも広くゆるやかにのびている。一行は孤児院を背にするように歩きだしていった。子供たちの中にはだんだんと小さくなる門と、そのむこうにそびえ立つ孤児院の尖塔とを名残惜しそうに振り返る子もいた。そしてやはりそろって好奇心旺盛だった。子供たちはほとんどひとかたまりになりながら、めったなことでは乱れることもなく動いたが（その点においては男は何の苦労もなかった）、ときどきその中から一人や二人、わざと抜け出してきて、男の背後や脇にぴたりと寄ってくる子がいる。そして見上げながら言うのだ。「どこへ向かっているの？」とか、「あなたは誰なの？」とか。そのたびに男は黙って子供を見下ろした。

その顔は終始、笑っているかのようにも見えた。だが本人はいたって普通なのだ。それが地《じ》の顔なのだ。子供たちはしかし、その顔を見るや不思議とハッとさせられるらしい。つまり、聞いてはいけないことを子供ながらに聞いてしまった時のような。男に合わせてちょこちょことまとわりついていた子供は、それ以上何も言わず（中にはしつこく聞く子がいたが）、そのうち列に戻っていった。誰が来て、どんなことを聞いてもそうだった。それでも子供は、完全に納得しないまでも何も不思議がらない。だからいろいろ聞きたがるのだ。同じようなことでも聞いてしまうのだ。男は黙って長い手足をくりだした。歩幅は広かったが、その分ゆったりとしている。子供たちが見失わないように。彼らの間にはいつもちょっとした距離があった。

途中、あいにくの雨に降られた。子供たちがどうしていいかわからず、とりあえずかけだして男を取り囲むようにすると、どこから出したのか、男は心配ご無用とばかり、大きな黒い傘をもうパッと頭上に広げている。それは男自身と、子供たち全員――二十六人をすっぽりおさめてしまった。はしっこの子供たちは肩に雨だれがかからないことに感動的な目で傘を仰いだ。少し背のある子供は、自分たちの足もとにとたんに大きな影が落ちたことに気づいた。その影も彼らの足もとをすっぽり覆っていたのだ。

一行はそうして少しの間その場にたたずんでいた。というのも子供たちがつめかけて、男は動こうにも動けなかったからである。だが男は別にかまわないのか、黙ってあの終始笑っているような顔を足もとにめぐらせた。大人が子供をほほえましく見守っているかのような。歩道寄りではあったが、さいわい人も車も姿を見せなかった。

そのうち最前列にいた子供が肩越しに見上げながらぽつりと言った。「僕たち、傘を持ってこなかったよ」男は、みんなでこの傘に入っていればいいさとばかりあの顔でこたえた。「私たちはちゃんと、一人一本、傘を持ってるのよ」男に言いふくめるかのように別の子供がすまして言う。男は、でもこの傘なら一本ですむじゃないですかとばかりあの顔を向けた。子供たちみんなで傘をさしたら二十六本も必要だけれど。

雨が穏やかで、その上この先も穏やかなままであるようにうつったので、一行はそろそろ歩みを再開した。ある子供には、そんな間近で見上げる男の動きが、風でしなるポールのように思えた。あの、孤児院の敷地内に設置された、必要な時には国家と王室と施設の旗とを並べて掲げさせる、あのポールみたいな——。

ふいに誰かが静かなのに我慢できなくなって聞いた。もうすでに何人かの子が聞こうとして、結局はぐらかされてしまったと思うが。「ねえ、僕たちどこへ向かってるの？　何でこんなことしてるのさ」それは、なぜ自分たちはこうして歩き続けてるのかという意味でもあるのだ。男はやはりあの終始笑ったような顔を向けてくるだけだった。聞いた子供はがっかりしてため息をついた。するとまた何も教えてもらえないものとすでに決め込んでしまっているのだ。するとめずらしく男が口をひらいた。それは意外にも物静かな、おっとりした話し方だった。

「君たちを迎えにきたんですよ」

「本当に？」「なぜ？」「どこから？」——子供たちが次々に聞いた。男はそれらすべてにいっぺんに答えるように、「ええ、そうです、そのとおり」にったりほほ笑む。偶然目にした何人かの表情がハッとし固まったが、男はそれらにかまわず続けた。むしろ喜んだというふうに。「そうです、君たちを責任を持ってそこまで送り届けなければ」そしてもうそれ以上はいっさい受けつけないとでもいうように、前を見すえて黙ってしまった。

とたんに男の足取りが気持ち速くなったような気がして、子供たちがいっせいにせかせかしだした。誰もが足並みをそろえるのに夢中だ。そのうち誰かがぽつりと小言をもらした。いまいましげな声もする。あっちやこっちで何度も歩みが乱れそうになった。足がもつれそうになる、他の子とぶつかりそうになる。ちらと男を見上げても男は何も返してくれない。それでも子供たちは黙ってこの男につき従ったし、そうすることが唯一の答えであるような気がする。子供たちは誰一人この輪を乱そうとはしなかった。

やがて道なりに出てきたところというのが、塀づたいに歩道があって、少し行くと木立にまじって建物が見えてくる。その横手から見る姿といい、敷地内の様子といい、どことなく子供たちのいた孤児院に似ている。だがそんなはずはないのだ。一行は孤児院の周辺ではなく、それに背を向けて歩きだしたのだから。

正面が少し見えてきたあたりで男は足を止め、取り出した時同様、どこへともなくさっと傘をしまった。いつの間にか雨がやんでいる。にもかかわらず子供たちは、自分たちの足もとを、傘のものだったはずの影がまだすっぽり取り囲んでいるのに気づいていない。彼らはもう自分でもどこから来るのかわからない疲れと不安から、今まで以上に身を寄せ合って、それが顔にも出ている。男は息もあがっていない。やはりあの終始笑ったような顔で、子供たちの注意を徐々に自分の肩越しに向けるのだ。

それに対する子供たちの反応はないに等しかった。ただ示された先をじっと見ているにすぎない。男はそれでいいのだとばかり、表情ひとつ変えなかった。そしてくるりと向き直ると、子供たちも黙ってその後におろおろと続くのだった。

子供たちが孤児院から出てきた時と同じように、男はその門を静かに押し開けてやった。すると、子供たちは言われなくても続々と中へ入っていく。そのまま連なって、とうとう最後まで一度も後ろを振り返らなかった。建物の正面入口へ来ると、階段を上がった先で最前列の子供たちの手が、まるで我先にといっせいにのびて扉を開けた。彼らはそれを開け放すでもなく、一人また一人中へ消えていきながら、次々に後の子の手がのびてきて、そうやって前の子のために扉を押さえているのだ。最後の子供がさっと吸い込まれるように中へ入ったのとほとんど同時に、勢いよく扉が閉まった。その音が扉の重さでしてもよさそうなほどの勢いだったが、わりと静かだった。

これを見届けると、ひとり門の外にいた男は、自分の方へ引き寄せるようにして門をまたゆっくりと閉めた。その顔は最後まで、やはり終始笑っているようでしかなかった。これらの出来事が当たり前だとも、自分はその当たり前をするだけだとも言ってるような顔である。それはまったく何ひとつ変わっていないように見えて、角度によっては、この時ばかりはそこにかすかに薄笑いを付け足したようでもあった。

男はそれからまたどこからともなく傘を取り出して、雨でもないのに頭上に掲げると、塀に沿ってまた歩きだした。その後ろ姿がにわかに現れた霧と共に徐々に遠ざかって消えていく。そればかりか、本来の塀はところどころかじり取ったように崩れていて、敷地内にはのびた枯れ草が広がり、建物もよく似た何かの廃墟だった。

そして当の孤児院はというと、院長が机のむこうの回転椅子に座り、足と手の指をそれぞれ組んだまま窓の方を向き、午前中いっぱいそうやって険しい顔で外を眺めていた。ここにははじめからそんな（二十六人の）子供たちは存在しなかったと自分に言い聞かせでもするように。ふと見上げると、窓のすぐ近くの木で、まだ未練がましく残った数枚の葉が、ぶるると緊張気味に微風に耐えていた。

（二〇二〇年）

慣習――あるいは非日常

　年に一度だけ、物資を積み込んだ貨物列車が、ゆるやかな谷間を抜けて緑豊かな丘陵地帯に入ってくる。人々はこれを待ちに待っている。この日はどの家も放牧をとりやめて、まだ辺りが暗いうちから起き出してくるのに変わりはないが、小屋に眠る家畜たちを見まわろうともしない。ランプの小さな灯をともし、ひっそりと食事をすませ（もちろん食前のお祈りは列車の無事の到着を祈るばかりだ）、外が徐々に白みはじめて、小さな窓からやっと外の日が入り込むようになっても、まだ明るい日ざしのもとへは出ていかず、じっとその時が来るのを待っているのだ。人々はどこか物憂げだが、いつもと何も変わらないような顔をしている。列車が来るからといって、その瞬間から何かが変わるというわけではないのだ。それまでの営みはそれ以後も脈々と受け継がれていく。ただのどかな丘陵地帯に列車が入ってきて、また出てゆくというだけだ。

女たちは黙ってかちゃかちゃと食器の洗い物をすませてしまう。男たちは冷たい暖炉にもたれたり、パイプをふかしたり、椅子やソファーにじっと腰をうずめていたりする。祈りの続きをやるわけじゃないが、それに似た気持ちでまた指を組んで、そこに額や唇を押しつける人もいる。沈黙を自然と破って、祖父母の口から過去の話がふいに語られることもある。これこれの年にはこういうことがあったもんだ、また別の時にはこんなことがあった……。たとえそれが何度目かに聞く話とわかっていても、家族は黙ってそれに耳を貸す。そうしていれば自然と時間は過ぎるものだし、祖父母にとっては、こうしているのも今年で最後になるかもしれないのだ。

やがて人々はそれぞれの方法で列車の到着を知るだろう。多くは、牧羊犬でもある自らの飼い犬が何かの気配に反応して、ぴくりと顔を上げたり、首をのばしたりするのでそれとなくわかる。戸口を開け放つ家族、窓辺に寄ってみる家族。家によっては列車がちょうどブレーキをきかせながら止まりつつあるのをかすかに聞いたり、遠目にその姿を拝むことができる。ああ、間違いない、今年も来たのだ、待ちに待ったこの時が。この辺りにたったひとつの、小高い場所にある小さな教会の鐘も高々と響きわたり、すみずみにまでその到着を告げている。

　こうなるともう家々の戸口から人々はぞろぞろと出てきて、ふもとに停車している貨物列車に一家そろって向かうばかりだ。誰も駆け出す者はない。そう急がなくても列車は待っていてくれるからだ。ふだん家の辺りを歩くのとまったく同じ感覚で、ただこの風を頬に感じるままに、この日のまぶしさを受けとめるがままに歩いていけばいいのだ。犬たちも後からついてくる、あるいは少し前をゆこうとする。無邪気なのは彼らだけのようにも見える。

　子供たちはこの間、無理に起こされなかった。起きてしまったものは仕方ない。だが大人たちにまじって見物に行くことは許されないし、あるいはこっそり抜け出してくる子がまれにいたとしても、あれは夢の中の出来事だったと自分で無理に納得してしまうのである。赤子は揺りかごの中でそっとしておかれる。聞き分けのよい年長の子がいればなお安心だ。そういう子の大半は早いうちからこの風習を少しは理解していると言いたいところだが、そうでもない。多くはおぼろげに納得しているだけであって、親たちがそう言うから、祖父母たちもそう言うから、年の大きな兄や姉たちもみんなそろってそう言うから、という程度のものなのだ。それでもかまわない。いずれ彼らにもわかる時がくるのだ。

大人たちは無人の貨車へ駆け寄る。そして自らの手で大きな掛け金をひとつひとつ外していく。貨車の扉は案外重たい。男たちが女を手伝ってやる。あるいは代わってやる。扉がスライドして一気に開《ひら》く時、彼らはなぜか無意識のうちに息をのんでいる。そうして見えるものは毎年いつだって同じなのに。

まず薄暗い車内が見えるのだ。犬たちが彼らより先に中をのぞき込みたがる。それを誰かが押さえにかかる。誰一人割って入ったりしない。物を取り合ったりしない。物資は均等に人々にいきわたるようになっている。彼らは自分たちに何がどれだけ必要かを把握していて、その分だけを持っていくのだ。

ここには日常と変わらないほのぼのとした雰囲気があった。誰それの家にはこれこれが必要だと承知している者もいて、「こっちにあるわよ」と母親たちが教え合ったりしている。「大丈夫かね」と年配の者同士が声をかけ合っている。人々は前の者を決して急かしたりしない。だが人が人に手を貸すのはせいぜい貨車から物資をおろすまでである。あとは責任をもって、自分たちの家の分は自分たちの手で運ばなければならないのだ。

ひとつの家族と入れ替わるように、頃合いを見てまた別の家族が貨車の中へと入っていく。そういう時、双方の家は互いにうなずき合って「やあ」と軽く挨拶したりする。ここにもいつもと変わらぬ光景があるのだ。いつもと変わらぬ時の流れ。人々が物資を運び出す、その動きに合わせて、空もまたゆっくりと変化していく。来た道を戻りながら、「毎年天気がよくて幸いだ」とか、「いえ本当にまったくですね」などと並んで歩きながら言葉を交わす人たちがいる。

雲が流れる。辺り一帯に影を落として、ゆるやかな丘を自由自在に滑りながら。だが大人たちはこんな日和にはまるでふさわしくないくらい、両手両肩に物資を抱えながら戻ってくるのだ。飼い犬が足早に歩調を合わせ、何かおこぼれにあずかれるのではないかとの期待から、舌を出してときどき主を見上げている。

そして小高い場所ではこれらを遠目に眺めている子供がまれにいる。また自分の家族をそこで出迎える展開になることも。だが大人たちは何も言わない。

よっぽどのことでなければ。いつもの笑顔で「よう、坊主」とか何とか言って頭をくしゃくしゃになでるだけである。子供たちもそれ以上しつこく聞こうと思わない。あまりにも日常とそう変わらない光景に見えるからだ。しかし実際のところこんなことは年にたったの一度しかない。列車は一日しかやってこないのだ。そこで見たり聞いたりすることは（大人たちはこの日、いつも以上に寡黙で物静かにうつるが）、明らかにいつもとどこか違う。のどかな村に物々しく連なった貨物列車が入ってくること自体そうだし、大人たちは黙って何かを待ち続けている。そしてその理由も目的も、子供たちには何ひとつ知らされないのだ。祖父母が時折もらす言葉のはしばしから勝手に推測するしかないのである。

こういった儀式は日が高くなるころには大方終わって、どの家庭もそろそろ午餐の支度にかかりだす。運び込まれた物資は子供たちの目の届かない場所にいつの間にか移されていて、次の列車が来るまでの一年間、そこで厳重に保管される。言っておくがこれは人々の生活に必要な品々ばかりだ。当然、必要な時には必要な物を必要な分だけ引き出してくるし、それを偶然目撃してしまうような子供だっていることはいる。それでも大人たちは何とか言ってはぐらかしてしまうし、子供はそれで完全に納得はしないまでも、一応はうなずいて、そのまま立ち消えになってしまうか、自分なりの答えをぼんやり導き出すかしている。そこでは例えば、もうその日の夕食にほくほくの状態で食卓にあがっていたりするのであり、また、父親が昼間、時間を見つけては家の裏手で割っては拾い集め、雨に当たらぬよう一か所に積み上げていたりするのだ。そしてそれはまったくそのとおりであったりする。

ただ、そういったもろもろのことを理解するには彼らはまだ幼すぎる。基本、知らなくてよいことなのだ。大人たちだって隠し事をしている気はまるでない。子供たちはいずれ成長するにつれて自然と理解するのだし、そのことをちゃんと受け入れるようにもなる。勘のいい子ならなおさらだろう。

午餐を食べながら妻が夫に聞く。すべて運び入れたか、何ひとつ見落としはなかったかと。夫は言葉を飲み込むようにして簡潔に答える。手もとではもう料理を取り分けている。

その日の午後は子供たちにとってはいつも以上に遊びを謳歌できる時かもし

れない。好きなだけ外で遊びまわることを許されるし、そのことで大人たちがうるさく言わない。むしろそうしていてほしいのだ。その方が物事がはかどるし、できれば執拗に詮索されたりしたくないものだ。

子供たちの大半はこの日の出来事を眠りと引き換えに忘れていくだろう。翌朝には暗く冷たかった暖炉には火が入り、そのそばで赤子は眠り、食後、人々はその火を囲むようにして座る。だが大人たちは早くも仕事に精を出している。辺りはまだ薄暗い。彼らも慌てて洗顔や着替えをすませ、父親を手伝う。ミルクを搾り、バケツを運び出し、家畜を野に放つ。家禽に餌をやり、家畜小屋の掃除も待っている。あるいは母親を手伝い、あるいは午後にも何か言いつけられたり、あるいは一人親の家庭であるかもしれない。それが彼らの日常なのだ。そしてきのう見たことなどもしかすると、そんな日常の延長線上でしかなかったと思い込む子もまたいるのだ。

列車は太陽が山並みへ沈みかけたころ、ようやくガタゴトとゆっくり動き出す。入ってきた時とは反対に後ろ向きで。子供たちが何人か、それに気づいてじっと見入る。初めてそれに気づいたという子も、またそうでない子も。列車はそんな彼らをよそに、何事もなかったかのように徐々に速度を上げて去っていく。野も丘も家々も教会も、何事もなかったかのようにまるで静かだ。興奮して丘の上から後を追って駆け出したがる子を、引きとめるような冷静な判断をする子もいる。追っかけたところで何だというのだ。そういう子はすでに何かを察しているのかもしれない。

（二〇二〇年）

記念日

「なぜああも泣くのかしら」と女はもらした。「赤ん坊なんだから仕方ない」男が言った。「人をつけてあるんでしょう?」「もちろん。たっぷり賃金をはずんでやったさ」「それならなぜああも泣くの」「代理なんだから仕方ない」「いつもの子はどうしたの。彼女なら手慣れてるのに」「都合が合わないんだとさ」男はフォークに突き刺した肉片を口の中へ押し込んだ。「せっかくの記念日なのに。雰囲気が台無しよ」女はそこまであからさまにむくれているわけでもない。男の手がいったん皿の両端に置かれて、目がぐるりと薄暗い天井に向かった。「なかなか悪くないね」食堂にはこの夫婦が二人きりである。暖炉(今は使われていない)に近い上席には男が、角をはさんで彼のすぐ右手の席に女が座っている。大きな長い食卓には三叉《みつまた》の飾り燭台が等間隔に据えられているが、今火をともしてあるのは二人にいちばん近いひとつきりである。それだけあれば十分だった。

「僕たちはまだ未熟だな、特に親としては」「何が言いたいの」「赤ん坊にあたっても仕方ない。あの子には何の罪もないんだから。それよりも乳母《ナニー》を帰したのがまずかったね」「だってあんなに泣くとは思っていないから」「やっぱり。僕たちはまだまだ若造だよ」「あら、皮肉？」女はいたずらっぽく笑った。「親になったことがないんだもの、当たり前じゃない。それはお互いさまじゃなくって？」「そうだね、奥さん」男はグラスを手に取ると、たたえるように妻の方へ掲げた。年代物の赤ワインもこんな明かりのもとでは冴えなく見える。女はようやく食べ始めた。といってもしなったつけ合わせをひとつ、フォークでつまみ上げたに過ぎなかったが。「その方がやりやすいと思ったのよ。なるべく余計な人間がいない方が、この雰囲気を心から楽しめるでしょう？」と女はもっとマシな言い訳をした。男は別に責めたりしなかった。責めるつもりもない。黙って飲んだり食べたりしながら、横目に美しい妻を眺めた。「一度帰したものをすぐ呼び戻すのは気が引けるからね」夫も妻をフォローした。「はじめから彼女は帰りたがっていたもの。お産の時、相当ばたばたしてたから」

「彼女にはいい休暇だよ」男は皿の中でぎしぎしとナイフを引いた。女は震動から救ってでもやるように自分のグラスを持ち上げた。「でもこれじゃどのみちいっしょだわ。あの子がいる限り、誰かに見ていてもらわなくちゃならないんだもの」女のしかめ面は初めて気づいたとでも言いたげだった。「少なくとも今夜だけさ」男は顔を上げると戸口の方に顔を向けたので、女もつられて肩越しに振り向いた。食堂のドアは内側に開け放してある。何かあった時にすぐ飛び出していけるし、何だかんだで二階の様子が気配だけでもうかがい知れるように。明かりは本当にこの部屋だけなので（赤ん坊は寝かしつけるようにと言いつけてあった）、戸口越しに廊下や、さらに邸宅中のはかり知れない暗がりが迫ってきそうだった。女は早々にさっと向き直った。「平気かい？」男が気にした。「ええ、大丈夫」女は事も無げに言って、グラスにぐいと口をつけた。濃い口紅の跡がうっすらついた。

いっときいつの間にかやんでいた赤ん坊の声が、か細い感じでふたたび流れ込んできた。それには別段驚かなかった。そのか細い泣き声は今やさながらバックミュージックと思えなくもなく、男は悪い気がしなかった。女も気にならなくなっていた。だいたいこう家が広いと、同じ二階の一室でもまるで違うところにあるかのようだ。「彼女、ちゃんと心得てるんでしょうね？」「誰が」「二階の彼女よ」女はなぜか急に声をひそめた。「心配いらないよ」と男は顔も見ずに口を動かしたまま言った。「お墨付きはもらってある。めったなことはしないさ」一段落すると男はほとんど手をつけていない妻の皿を見て、「もっと食べろよ、せっかくだ」と促した。「今日は記念日じゃないか」「そうね」と女は背筋を伸ばし愛想笑いを浮かべた。あんなことの後で普段どおり食べていられるのは気丈すぎる夫くらいのものだ。そこにも内心、感心する。女はゆっくりとだがしっかり食べ始めた。用意させた食事はいつだって気持ちがいい。だが明日からはそうはいかないだろう。これを作った住み込みのコックも、執事やメイドをはじめとする使用人たちも、ここの若夫婦（自分たちに似た）も、今日ここで始末してしまった。でも何の問題もない。要はあの赤ん坊が手もとにありさえすれば。

二人はあらためて乾杯のしぐさを見せた。今日は二人が初めて出会った日であり、犯罪に手を染めた日であり、結婚した日でもある。そこにまたひとつ加わった。すばらしい計画を思いついて、それを実行した日。それが今日ひとまず成功した。赤ん坊を人質に、その裕福な親類縁者から金をまきあげようという計画、あるいはこの家の夫妻になりきって、あの子に対する援助という名目で（何しろ待望の跡取り息子）金を出させようか。そのための小細工くらい！　ここではない手狭な一軒家のキッチンで、二人は顔を突き合わせてそんなことを話した。

（二〇二二年）

穴

未開拓地域の平原は午前中からすでに気温が高く、たっぷりと日差しを受けていた。見晴らしのいい、もじゃもじゃした草や痩せた低木にぽつぽつ囲まれたというくらいの、乾燥したその只中で、男が二人、シャベルを手に足もとのかわいた土をひたすら掘っている。相槌を打つ要領で（別に意識してやっているわけではないが）一人がいくらかの土を掘り起こすと、もう一人が続けざまに地面にざっくりと突き立てるという具合にだ。それぞれの傍らにはそうしてできた土の山が出来上がっていった。ほとんど風とは呼べない時折頬をなでる微風が、山の中から粒子をさらさらとさらった。暑さを感じるとカウボーイハットをかぶった男はシャベルに寄りかかり、帽子を取ってつばで顔をあおいだ。「暑いな……」相方の男が顔を上げ、自分もしばし手を休める。彼は汗じみたシャツの袖で額を拭った。「少し休みますか……」「いや、かまわない……

早いとこすませてしまおう」二人はまぶしげな顔で作業に戻った。

「そういえば今朝、知ったばかりなんだが」と帽子の男が顔も上げずに口をひらいた。黙ってするのも何だし、そうしていれば意外と気はまぎれる。「ここらにも鉄道を延ばす計画を進めるんじゃないかって話なんだ」彼は一気に言ってしまわずに、きりのいいとこでいちいち話を区切った。同時にシャベルを動かさなければならないし（手を動かすついでに口も動かしているのであって、口を動かすついでに手も動かしているのではない）、身をかがめて作業しながら話すのは結構な負担である。「いずれそうなるだろうとは思っていたけどね」「さようで」と返事をした男の方が、体力はありそうである。それなのに余計な力が入っていない。帽子の男は力は入っているように見えるが、それがうまく伝わらないのだ。「ここならうまく事が運ぶでしょう。他の土地のように手こずる必要はない」相方は平然とした口ぶりである。帽子の男はシャベルの握り手に両手をのせて、しばし辺りを見まわした。ついでにひと息入れながら、曲がりきった背中を伸ばしているのだ。相方は関係なしに作業を続けた。

その男の作業を黙って見つめた。よくやる、よくまあ音《ね》も上げずに。この男からは荒い息づかいも聞こえない。これが長いことのあの地の暮らしで培った体か。おもむろに作業を再開しながら、ふと聞いてみたくなった。酷なことかもしれないが。「君のところの時はどうだった」男はぴくりと手を止めて、目元に苦笑いを浮かべた。「ご存じでしょうに」「いや、君の心の内が知りたいんだよ」「今さらながら、ですか」気が進まないようだった。「そう言わずにさ。あしたにはもう町へ戻っているかもしれないんだぜ？」相手はゆらりと体を起こした。シャベルは両手に握ったままである。「わたしには何もかもが気に食わない。あんなやり方も、後に残った始末の仕方も。……それだけでしたよ」意外にも穏やかにそう言うとすぐに作業に戻った。土の山は断然この男の方のが大きくなっている。

　帽子の男が次第に手を止めて腰を伸ばした。日差しがじりじり照りつけてくる。背中を気持ち悪く汗がつたった。こめかみからも。冷や汗なのかもわからない。じっとり湿った手で腰のホルスターにゆっくり手をまわした。相方はまだ黙々と掘ろうとしている。やめどきがわからないみたいだ。あるいは顔を上げるのが怖いみたいに。身をかがめ続け、掘るというよりいじりまわすのに近いが。「もう十分に掘れていると思う」頭頂部を見すえながら帽子の男はそう言った。

相手が顔を上げる間もなかった。男は右手でホルスターから素早く拳銃を抜くと、撃鉄を起こし目の前の額を迷いなく撃ち抜いた。相手はウッとさえ声をもらしていない。体は後ろへのけぞり、まだいくらかひざを曲げたまま仰向けに倒れた。同時にシャベルも投げ出された。それは掘り終えた穴の中になかば落ちた。

銃声が轟いた瞬間、数歩先の枯れ枝につないである馬が驚いて頭をもちあげた。そしてまた小さく足踏みし、ぶるると首を振ったものの、逃げ出すことはなかった。背中の鞍の脇に帽子の男の水筒がさげてある。

男は苦々しい表情を浮かべた。左手で支えていたシャベルを横倒しにして、ホルスターに拳銃をおさめると、穴をまたいで撃った男の傍らへまわった。もう十分に掘れていると思う。それもほとんどこの男自ら、それだけ掘ったのだ。ぽっかり人ひとり分の穴。彼はそこに男の死体を転がすように落とし入れた。

後に残った仕事は一人でやらなければならない。ふたたびシャベルを手にし、掘った土を手早く男の上にかぶせていった。わっと汗が吹き出してくる。表面はもとのように平らにならされた。いつもながら嫌な仕事だ。すべてが終わると保安官は遠くを見すえ、ひと息ついてから、もう一本のシャベルも手に馬のところへ戻っていった。

（二〇二二年）

時期《シーズン》

　客人たちが屋敷を立ち去ろうとしていた。鬱蒼と木々の茂る、郊外のさらに奥まった敷地内。門は開け放たれ、その足もとに積もった枯葉を左右に押し分けて、まるでこの何週間、手入れをおこたってきたふうでもある。その正面にすらりとのびている屋敷の外観は古めかしく、ところどころ枯れ蔦が這い、外壁のあちこちは風化と共にはがれ落ち、窓は形だけを冷たく切り取ったようである。真正面上方の時計は完全に時を止めていた。いくつかの円錐形の屋根(青灰色の)が白みまじりの空を貫こうとしている。

　一見、人けのなさそうなそんな中に、今しがた正面入口の扉が開《あ》いて、一人、また一人と人目をしのぶようにして玄関先に降り立っては、黒い四角張った、大きな丸いヘッドライトの車体に乗り込み、乗り込んだ先から車は静かに出発するのだった。主人との別れの挨拶もそこそこにガタゴトと屋敷を後にする。

少し後から妻と二人の娘たちとが出てきて、けだるそうに互いに腕を絡ませ、娘たちは車の背後に手を振ったりしていたが、やがて最後の車がいなくなると、主人も連れだって（腕を絡ませながら）屋敷の中へ引き取った。

それからあまり間を置かず、同じ扉から最後の客人が出てくる。彼らが特別なお客さまと呼ぶのだが、彼が現れ、そのために少し辺りの様子が変わった。どこからともなく風を呼び寄せているようで、ひゅうと足もとにつむじ風が起こる。屋敷の前の左右にひらけた木立の間からも風が吹き抜け、裸の枝や、色づいてまだ枝先にしがみついている葉や、常緑樹を等しく震わせた。だがそれも一瞬のことだった。彼はそれを力強い目でじっと見とどけると、鬱陶しそうに空を見上げた。辺りは白々としたまま、わずかに明るくなっている。

彼が玄関先の段差を下り、身をこごめるようにしてマントを羽織り直した時、後ろの扉が静かに開《あ》いて、「兄さん」と主人がこっそり顔をのぞかせた。低い陰鬱そうな声である。「もう行くのかい」

主人は暗がりの中から鼻先だけ突き出して、目線も上げずにぼそぼそ言う。

「天候に当たられるとまずい」

「そうだね。それじゃあまた来年のこの時期に」

「ああ。たまにはこっちの城で集まりたいものだな。訪ねるばかりじゃなく」

「またそのうちに」

「シモンヌが――うちの世話焼き家政婦の婆さんのことだが――会いたがってる」

「そのうちにね」

「相変わらずむこうの城はじめじめしているよ」

「それがいいんじゃないか」

「そうだな」

「それじゃあ兄さん」と、これを合図に主人はぱたりと扉を閉め、それっきりだった。

　客人はもう背中に一対の飛膜のような黒々とした大きな翼を出し広げていて、二、三度上下に羽ばたかせたかと思うと、ややぐらつきながらもあまり勢いを必要とせず、慣れた動きで上昇し飛び立っていった。空《くう》を裂くようなかわいたバサッという羽ばたきがしばし辺りを支配する。足もとの小石や葉をいくらか巻き上げ、屋敷の方へ小さく当たって跳ね返りもしたが、いつものことだった。

「立つ鳥跡を濁さずっていうけど、あの人の場合、すぐにわかってしまいそうね」

屋敷の中では、いつの間にか窓際に寄っていた姉妹が、遠ざかる客人の姿を梢のむこうに見送ったところである。

「右にちょっと傾く癖があるのよ」

次女がにやにやしながらおもしろがって答える。背後から父親がやってきて真後ろについた。「あれでもきれいに飛んでいく方さ」

父親は娘たちをとどめておくようにそれぞれの肩を左右からそっとつかんだ。長女は首もとのネックレスの鎖をいじっている。妹は父親の手につくかというくらい左へ首をかしげている。三人は見上げるようにして、さらに客人の姿が遠のくのを眺めた。白くどんよりと見える空に芥子粒ほどの小さな姿。気がすむと父と娘はそろって窓の奥の暗がりにぱっと消えた。


（二〇二三年）

著者プロフィール

飛来美兎（ひらい　みと）
1993年生まれ。
山梨県出身。

飛来美兎短編集

2024年10月15日　初版第1刷発行

著　者　飛来 美兎
発行者　瓜谷 綱延
発行所　株式会社文芸社
〒160-0022　東京都新宿区新宿1－10－1
電話　03-5369-3060（代表）
03-5369-2299（販売）

印　刷　株式会社文芸社
製本所　株式会社MOTOMURA

ISBN978-4-286-25689-4